『ずっと友達でいてね』と言っていた女友達が友達じゃなくなるまで 2

This is the memory until the girl who said "Please be my friend forever." is no longer my friend.

岩柄イズカ
イラスト maruma（まるま）
Story by Iwatsuka Izuka Art by maruma

何度も何度も吹っ飛ばされながらも、
飛鳥はどうにかボスを倒すことができた。
上城ゆい

「あ～、やっと倒せた～♪」
飛鳥恵

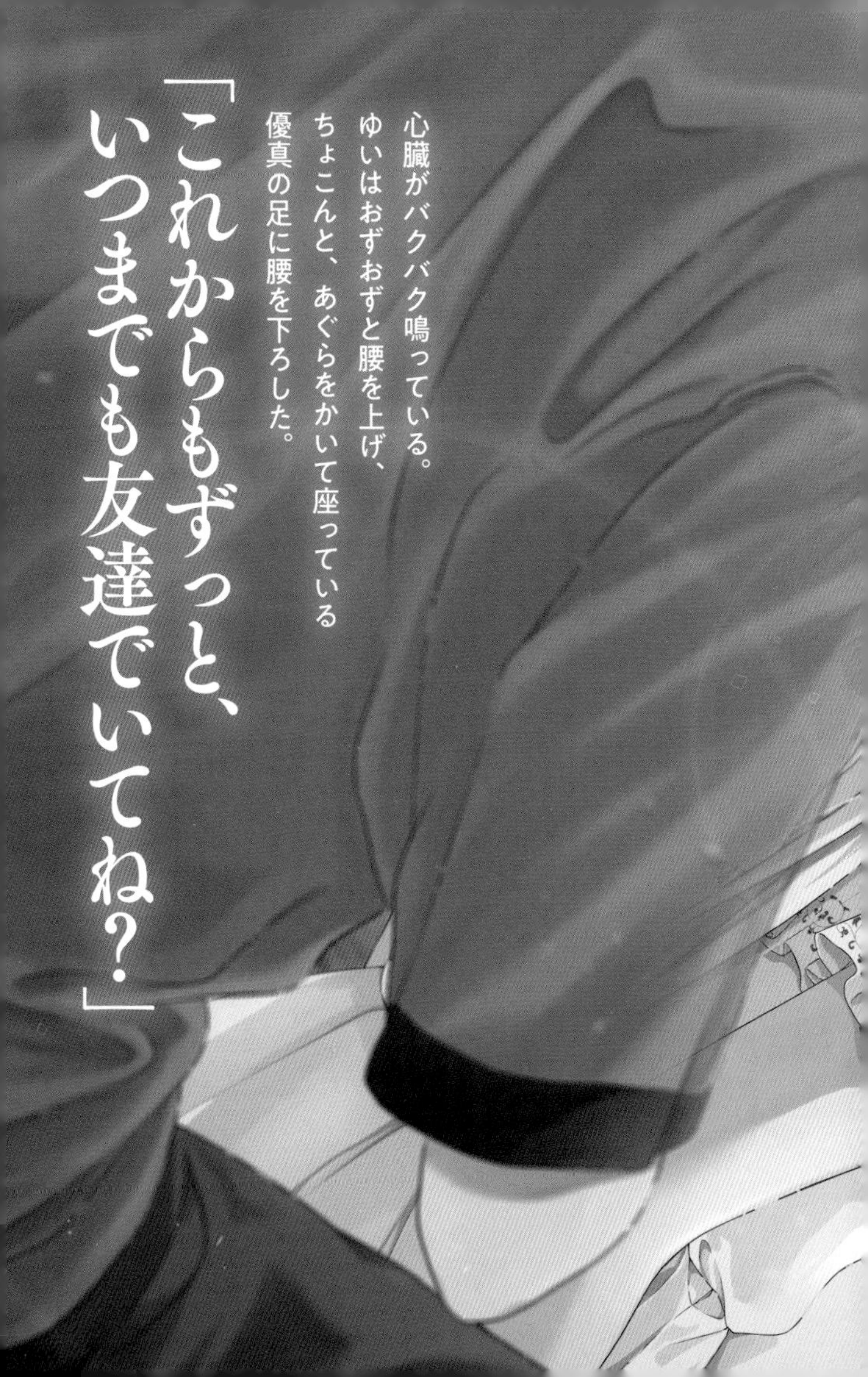
心臓がバクバク鳴っている。
ゆいはおずおずと腰を上げ、
ちょこんと、あぐらをかいて座っている
優真の足に腰を下ろした。
「これからもずっと、
いつまでも友達でいてね？」

「ね……ユーマ……
……好き
大好き……」

Contents

『ずっと友達でいてね』と言っていた女友達が友達じゃなくなるまで2

岩柄イズカ

GA文庫

カバー・口絵・本文イラスト
ｍａｒｕｍａ（まるま）

PROLOGUE ◆ プロローグ

「ゆい、大丈夫か？」

「ん……」

心配して声をかけると白い髪の少女——上城《かみしろ》ゆいは小さく頷《うなず》いて返した。

高校への初登校。朝の駅は通勤通学の人々でごった返しており、スーツを着た人や制服を着た同年代の人が足早に通りすぎていく。

テレビで見た東京の通勤ラッシュほどではないが、人の流れに逆らって歩くのは少し骨が折れそうだ。

そして……時折、道行く人がこちらにチラチラと視線を向けてくる。

予想はしていたが、まっ白な髪で高校の制服に身を包んだゆいは嫌でも視線を集めてしまう。

ただ、ゆいはどちらかというと優真《ゆうま》と繋《つな》ぎあった手の方を気にしていて、恥ずかしそうにチラチラとそちらを見ていた。

優真としてもたいへん心臓に悪いし正直恥ずかしいが、離したいとは思わない。

ゆいの小さな手の柔らかさと温《ぬく》もりが幸せで、こうして手を繋いでくれる信頼が嬉《うれ》しくて、油断しているとつい顔が緩《ゆる》んでしまいそうになる。

(……って、にやけてる場合じゃないよな)

ゆいはこれだけの人がいるところに来るのは初めてだろう。

以前と比べるとだいぶマシになったものの、やはりまだゆいを一人にするのは心配だ。親友として、男として、いざという時はゆいを護《まも》らないといけない。

「すー、はー……」

ゆいが深呼吸する音が聞こえた。

「本当に大丈夫か？　無理なら無理って言ってくれていいんだからな？」

「ん。だいじょうぶ」

緊張はしているようだったが、それでもゆいはほんのり笑って、優真の方を見た。

「ちょっと前のわたしだったら、きっと逃げだしちゃってたと思う。けど今は、ユーマがいるから」

そう言うゆいの視線から、声から、これ以上ないくらいの信頼を感じる。

その信頼に応《こた》えるように手に力を込めると、ゆいも少し照れくさそうにしながらも同じようにキュッと握り返してくれた。

そのままゆいの手を引いてホームまで行く。すると自分達と同じ制服を着た人達がちらほらいた。たぶん同じ新入生だろう。

「……流石《さすが》にここからは手、離しとくか？」

「え……」

「いや、ほら、手なんて繋いでたら、その……そういう関係だって思われるかもしれないし……そういうの、嫌だろ？」

その言葉にゆいはたちまち顔をまっ赤にした。

だが手は離そうとしない。それどころかまるで『離さないで』と言うかのように、ギュッと手を握ってくる。

「いやじゃない……よ？」

呟《つぶや》くようなその答えに、また心臓が暴《あば》れ出《だ》すのを感じた。

それは、親友同士なんだし周りの視線なんて気にしないという意味なのか、それとも――なんてことをつい考えてしまう。

「ユーマは……いや、かな……？」

「……俺《おれ》も、嫌じゃない。じゃあ、このまま行くか」

「……ん」

お互い顔をまっ赤にして、ホームで並んで電車を待つ。

少し前――正確にはゆいの家にお泊まりした頃から、明らかにゆいの態度が変わった。

以前はベタベタ甘えてきて、スキンシップにも抵抗がなくて困ってしまっていたくらいなのに、今はこうして手を繋いでいるだけで恥ずかしそうにしている。

――ゆいも少しくらいは、自分のことを異性として意識してくれるようになったんだろうか？

ついそんなことを考えてしまって、慌てて打ち切った。今そういうことを考えるのはまずい。ちょっと心臓がもたない。


そのままホームで待っていると電車が来た。

「わ……」

「うわ、けっこう混んでるな」

やってきた電車は満員だった。乗ったが最後、まともに身動きは取れなそうだ。

ゆいも怯《ひる》んでしまったのか、目を丸くして立ち尽くしている。

「行くぞ」

そんなゆいの手を引いて電車に乗り込む。

そのまま乗客の流れに乗って、どうにかドア横の角にゆいを立たせることができた。

さらに優真は壁に手をついて、他の乗客からゆいを護る壁になる。

思惑通りにいったことに優真はホッと息をついた。

こんな満員電車はただでさえキツいし、小柄なゆいは押しつぶされてしまうかもしれない。

それに満員電車では痴漢が出ることがあるというし、気弱そうなゆいなんていかにも狙《ねら》われそうだ。

もしゆいが痴漢なんてされたら怒りに任せて犯人をぶん殴ってしまうかもしれない。……いや殴る。助走をつけてぶん殴る。

ただ、やってから気がついてしまった。

この体勢は、少女漫画などで見かけるいわゆる壁ドンだ。

「あう……」

ゆいも同じことに気づいてしまったのか、顔を赤くしてうつむいてしまった。

こうしているとゆいの女の子感をますます感じてしまって、なんとも居心地が悪い。

「あー……なんかごめん」

「ん……」

ゆいはモゴモゴと口を動かし、カバンからスマホを取り出した。すいすいと文字を打ち込み、画面をこちらに向ける。

『だいじょうぶ。他の人から守ってくれてありがとね』

どうやら意図は伝わっているようで少しホッとしてしまった。

だが、そんなうまく喋《しゃべ》れなくなるくらい恥ずかしがられるとこっちもますます恥ずかしくなってしまう。

　そのまま気まずい沈黙が続く――と、カーブで電車が揺れた。

「わっ⁉」

「っ⁉」

　背中を他の乗客に押されて、ゆいと身体が密着してしまった。

「わ、悪い。大丈夫か？」

「う、うん。――っ⁉」

　ゆいが顔を上げたのだが……ものすごく顔が近かった。

　それこそ優真が少し腰を曲げれば唇と唇が触れてしまいそうな距離。二人ともまっ赤になって、慌てて顔をそらした。

「ごめん……」

「だ、だいじょうぶ……」

　今すぐ離れたいのに、この満員電車ではそれも難しい。

（誰《だれ》か助けて……）

　そんなことを心の中で呟きながら、優真は電車に揺られるのだった。

†

一方のゆいも、大丈夫なんてことはまったくなかった。

――さっき、すごく顔が近かった。それこそ少し背伸びしたら唇と唇が触れてしまいそうな距離だった。

それで、優真がお泊まりしに来た時に見た……優真とキスする夢のことを思い出してしまった。

ただでさえ優真が他の乗客から護ってくれたり、壁ドンみたいな体勢にドキドキしてしまっていたのにこんな追い打ちをされたらたまらない。もう恥ずかしくて今すぐ逃げ出したい気分だった。

……壁ドンみたいな体勢は今も継続中だ。

以前は漫画などでそういうシーンを見ても『なんでこのヒロインこんなのでときめいてるんだろう?』といまいち共感できなかったが、今ならあのヒロインの気持ちがよくわかる。

好きな男の子にこんなことされたら、ドキドキするに決まってる。

「うぅ……」

また顔が火照《ほて》ってくるのを感じる。自分の心臓の音が優真に聞こえていないか心配になってくる。

おそるおそる顔を上げ、優真の様子をうかがう。

優真は少し視線を上に、明後日《あさって》の方を向いていた。……その顔が、いつもより赤くなっている気がした。

（……もしかして、ユーマもさっき顔が近づいたの、意識してくれてるのかな？）

そんなことを考えるとまた胸が高鳴ってしまう。優真もドキドキしてくれていたら嬉しいだなんて思ってしまう。優真も……自分とキスすることとか、考えてくれたなら……。

（………わたし何考えてるの⁉）

電車の中でそんなことを考えてしまって、たちまちぷしゅーと湯気が出そうなくらいまっ赤になってしまった。

（ち、ちが、ちがうから！　今のはちがうから！）

誰に言い訳しているのかわからないが、心の中でそんなことを叫ぶ。

もう恥ずかしくて限界だった。けれど電車が駅に着くまではもう少しかかる。

一秒でも早く駅に着いてほしい。……なのに、心のどこかでこの時間がずっと続けばいいのにとも感じている。

胸が苦しいのに幸せな不思議な感覚。

自分の気持ちに気づいてほしい。伝えたい。でも怖い。恥ずかしい。気づかれたくない。今すぐ離れたいのにいつまでもくっついていたい。

そんな気持ちが心の中でグルグル回っていて、苦しいのに幸せで。もう限界なはずなのにもっともっと欲しいなんて思ってしまっている。

「………」

少しだけ勇気を出して、ポフッと優真の胸に額をくっつける。

体温とかは感じない。けれどこうしているだけで幸せで、愛《いと》しさが溢《あふ》れ出すのを感じる。

「……大好き」

誰にも聞こえないほど小さな声で呟いた。

制服の分厚さもあって、優真がゆいと同じくらいドキドキしていたことには結局最後まで気づかなかった。

◆一話◆ゆいと初登校

電車から降りると、優真《ゆうま》は大きく深呼吸した。

電車に乗っている間、くっついてきたゆいの髪からいい匂《にお》いがして、それを嗅《か》いでしまうのはなんだかいけないことをしているような気がして、なるべく呼吸しないようにしていたのだ。

意識しすぎな自覚はあるが、意識しないなんて無理だった。

好きな女子がここまで自分のことを信頼して懐いてきてくれている。それは男冥利に尽きるというか、愛《いと》おしくてたまらないというか……とにかく電車の中ではいろいろ大変だった。

電車から降りた二人は人の流れに乗って駅の出口まで歩いていく。

流石《さすが》に恥ずかしくなって、今は手を繋《つな》いでいない。ゆいも手を繋ぎたいとは言わず、顔を伏せて優真についてきている。

けれどゆいの小さな手は、ちょんと優真の制服の袖《そで》をつまんでいた。

それはまるで、恥ずかしいけど離れたくはないと言っているようで、そんなゆいが愛おしくて、ギュッと抱きしめたいだなんて思ってしまった。

だがもちろんそういうわけにはいかない。いくら慕ってくれていると言っても自分とゆいはあくまでも友達関係。

手を繫いでいたのは不安がらせないためとか、はぐれないようにだとか、そういう大義名分があった。だがそれ以上は流石にダメだ。そこの線引きはしっかりしなければならない。

というより、これだけ寄り添って歩いているのもまずい気がする。もう学校の近くまで来ていて、自分達と同じ新入生があちこちにいる。

ゆいはそういう関係と思われても嫌じゃないと言ってくれたが、ゆいは久しぶりの学校なのだ。いきなりそういう誤解は避けた方がいいだろう。

「あー……ゆい？」

「ん……」

「その、今さらだけどあまりくっついてると……だからこれ以上は……な？」

「…………」

つい口ごもってしまったが意図は察してくれたらしい。ゆいは小さく頷《うなず》いて手を離した。

顔を伏せてしまっていて表情は見えない。ただ何となく、残念そうにしているように見えた。

「あー……えっと……」

言葉を探しながら一度深呼吸する。

「代わりってわけじゃないけど帰りもまた……。その、お前さえよければ……手、繋がないか？」

「……っ！」

ゆいは顔を伏せたまま、コクコク頷いた。喜んでくれているのが伝わってくる。

自分と手を繋ぐのを喜んでくれている。そう思うとまた胸がドキドキしてしまう。もうゆいがかわいくてかわいくて仕方ない。


駅を出て少し歩いて、学校に到着した。

立派な門構えの校門の奥に、でんと構えた白い校舎。祭花《さいか》高校。二人が三年間通うことになる高校だ。

校風としては生徒の自由と自主性を重んじるタイプで、なんと過度なものでなければ髪を染めたり化粧したりしてもお咎《とが》めなしなんだとか。

スマホなども授業中にやらなければ持ち込みオーケー。放課後に教師が生徒と一緒にゲーム大会をしてたという話まで聞いたことがある。見つかれば即没収だった中学とは大違いだ。

その代わりテストで赤点を取ったり授業態度が悪かったりすると厳しいらしいし、いじめなどに加担すれば一発退学もあり得るんだとか。

そういうメリハリをきかせているところに惹《ひ》かれて優真はこの高校を選んだ。

（さて……）

予想はしていたが、ゆいはすでに周りの視線を集めていた。

優真たちと同じ、おろしたての制服に身を包んだ新入生があちこちにいる。そしてゆいに気がつくと皆チラチラとこちらに視線を向ける。その隣にいる優真にも。

（こういうのって、やっぱりけっこうわかるもんだな）

流石に露骨にジロジロこちらを見てくる者はあまりいないが、それでも視線を感じる。ひそひそと何かを話している人もいる。

「ゆい、大丈夫か？」

「ん……」

ゆいはこくりと頷いたものの、やはり見ず知らずの相手とこれから同じ学校に通う生徒では違うのか、駅の時より緊張した様子だった。

だが初めて優真と会った時のような、周りの視線に怯《おび》えているような感じではない。それだけでも大した進歩だろう。

ただやっぱり注目されるのは恥ずかしいようで、身体を小さくして優真の後ろに隠れてしまった。そんな仕草もかわいくて、庇護欲《ひごよく》をそそられてしまう。

「えーっと、パンフレットによると新入生は入ったら校舎にそって左側に回って、昇降口から入るってさ。そこにクラス分けの表が貼《は》ってあるから、それで自分が何組か確認して各教室で待機だって」

「――っ⁉」

ゆいが目を大きく見開いて優真を見た。さっきまで恥ずかしそうに顔を伏せていたのが一転してワタワタしだす。

「ク、クラス分け⁉　じゃ、じゃあわたし、ユーマと違うクラスになるかもしれないの⁉」

「まあ、こればっかりは運だからな」

「うう……」

学校に来たこと自体久しぶりなのもあって、ゆいはクラス分けのことをすっかり忘れていたようだ。不安そうにオロオロしている。

……いざとなったら先生に事情を話して同じクラスにしてもらえるよう頼んでみようか、そんなことを心の片隅で考えながら昇降口に向かう。

昇降口の方に回ると人だかりができていた。どうやらそこにクラス表があるようだ。

優真は人だかりの後ろの方から背伸びして自分とゆいの名前を探す。

「ユ、ユーマ。どう、見える？」

「ちょっと待て……見えた。俺《おれ》達二人とも一組だってさ」

そう言うと不安そうだったゆいの表情が輝く。

「ホ、ホント？　同じクラス？　ホントに？」

「ああ。よかったな」

「うん！　……一応、自分の目でたしかめたいんだけど、いい？」

「おう。それじゃもう少し待つか」

「ん」

少し待って、人がまばらになってきたタイミングで前に行く。

ゆいは何度もクラス表に書かれた自分と優真の名前を確認し、嬉《うれ》しそうに表情を綻《ほころ》ばせた。

「えへへ、うれしい……♪」

心から喜んでくれているのがわかる無邪気な笑顔。手を伸ばしかけて、パッと引っ込めた。

ゆるゆるな笑顔がかわいくてつい頭を撫《な》でようとしてしまったが、今は周りの目もある。

「安心できたか？」

「ん、ありがと」

「まあ何はともあれ、同じクラスになれてよかったな」

「ん。……なんか、すごいよね、わたし達」

「うん？」

ゆいは顔を赤くして下を向いてしまった。何か言いたそうに口をもごもごして……スマホを取り出す。

学校でスマホを取り出すのに一瞬のためらいはあったが、この学校はスマホを禁止していない。優真も同じようにスマホを取り出してチャットを開始する。

『ボク達って偶然ゲームで出会って、偶然仲良くなって、偶然同じ歳《とし》でさ。その上偶然同じ学校で偶然家も近くて、それで今度は同じクラスってすごいなって』

『言われてみれば確かにそうだよな。確率どれくらいだよ』

――その次のメッセージが来るまで少し間が空いた。

ゆいにしては返信が遅いなと、チラリと様子をうかがう。

ゆいはすでにメッセージの文章は打ち終わっているようだった。だが送信するか迷っているのか、指をうろうろさせている。

深呼吸するようにゆいの肩が上下した。そして意を決したように送信ボタンをタップする。

『やっぱり、運命だったりするのかな？』

――そんなメッセージが来て、心臓が跳ねた。

顔が熱くなるのを感じる。心臓がドキドキと暴《あば》れ出《だ》す。

以前にも『運命』なんて言葉を使ったことはあったが、その時は冗談めかした感じだった。

今は違う。うまく言葉にできないがあの時とは何か違う。……好きな女子に『運命』なんて言葉を使われて、平静でいられる男子がはたしているだろうか。

ゆいも顔をまっ赤にして恥ずかしがっている。そんな姿を見ていると、特別な意味がこもっているのではと期待してしまう。

『そうなのかもな』

ドキドキしながらそう返事する。……言ってしまえばゆいの言葉に同意しただけ。ここで気のきいた返事をするには絶望的に恋愛経験値が足りてない。

ただそれでも、ペコン♪とゆいのスマホから着信音が聞こえた直後、ゆいはただでさえ赤かった顔を耳まで赤くして、スマホに隠れるように顔を隠してしまった。

そんな姿を見ているとまたどんどん愛しさが増してきて、思いきり抱きしめたいだなんて思ってしまう。

……と、キーンコーンカーンコーンとどこか間の抜けた、おなじみのチャイムが鳴った。

「君たち、予鈴が鳴ったよ。早くそれぞれの教室に行きなさい」

教師らしき人がそう促してくる。周りを見るといつの間にか他の生徒はいなくなっていた。

「い、行くか」

「う、うん。行こ」

ホッとしたような残念なような、複雑な気持ちのまま教室に向かった。

——だが、それで終わらなかった。

†

その後は特に何事もなく入学式を終え、高校生として最初のホームルームが行われた。そしてその際、早速だが席を決めるくじ引きが行われた……のだが。

（……もしかして神さま、俺達で遊んでるのか？）

優真がそんなことを考えてしまうのも無理はないだろう。

席決めの結果、優真は窓際の一番後ろの席になった。そして……こともあろうにゆいがその隣の席になったのだ。

ゆいはもう顔まっ赤で、両手で顔をおおってしまっている。

優真も優真で、ドキドキしすぎてまともにゆいの方を見られなくなっていた。

なにせ先程『同じクラスになれるなんてもしかしたら運命なのかもね』と話した直後にこれだ。意識しないなんて無理だった。

黒板の前で喋《しゃべ》っている女の先生の話を聞きながらチラリとゆいの様子をうかがうと、同じようにこちらの様子をうかがっていたゆいと目が合ってしまった。二人揃って慌てて目をそらす。

……ここまで来ると、少しは期待してしまう。

(もしかして、ゆいも俺のこと……)

一瞬そんなことを考えてすぐに振り払った。これ以上そのことを意識したら平静を保てなくなる。

――と、その時だ。

「今から皆さんに自己紹介をしてもらいます」

「っ⁉」

先生の言葉にゆいの身体がビクッと震えた。

「それじゃあ、こっちの列の一番前から……えーっと、長谷川君。自己紹介お願い」

そうして廊下側の一番前の席から順に自己紹介が始まる。流れ的に優真達は最後の方だ。

……ゆいは完全にテンパっていた。自己紹介なんてまったく頭になかったのだろう。オロオロと視線を右往左往させている。

(そうだ。ゆいを大事にするって決めたんだ。余計なことを考えてる場合じゃなかった)

自己紹介。それはクラスメイトへの第一印象となるものだ。

無難に終わらせられるならそれでいい。はっきり言って自己紹介の内容とかよっぽど奇抜にでもしない限り覚えられない。実際もう三人が自己紹介を終えているが完全に聞き流している。

だが、緊張して喋れないというのは絶対に避けたい。

ただでさえゆいは白い髪で注目度が高く覚えられやすいのだ。ゆい＝コミュ障で絡《から》みづらい相手と認識されたら最悪だ。

だがゆいは完全に緊張しきっている。順番が近づくにつれ緊張は大きくなっていっているようで、もう完全にガッチガチになっていた。

「……っ」

不安そうなゆいの姿に、優真は衝動的にゆいの手を取った。

ゆいの目が丸くなる。優真自身も『何やってんだ俺』という気持ちが渦巻いていたがもう後には引けない。そのまま『大丈夫』と言うようにゆいの手を強めに握った。

幸い、位置的に正反対の生徒が自己紹介中なのでこちらに視線を向ける人はいなかった。

冷たくなっていたゆいの手に自分の体温を移すようにギューーッと握る。しばらくするとゆいの方からも手を握り返してきた。

無言のまま、お互いの手の感触を確かめるように握り合う。ただ手を握っているだけなのにすごく気持ちよくて幸せな気分になってくる。

だがやっぱり恥ずかしいものは恥ずかしい。ゆいも顔が赤い。これはこれで緊張させてしまったかもしれない。

ただ緊張が上書きされたというか、自己紹介を不安がるような様子はなくなっていた。

ゆいは『もう大丈夫』と言うように一度キュッと優真の手を握るとするりと手をほどいた。

それから少しして、ゆいの自己紹介の番が回ってくる。

ゆいは最後にもう一度深呼吸して立ち上がった。クラスメイト達の視線がゆいに注《そそ》がれる。

「か、上城《かみしろ》ゆいって言います！　じゅ……十五歳ですっ」

そりゃあ高校入学したてなんだから普通は十五歳だろう。教室の所々から小さな笑いが漏《も》れる。

「えと、こ、この髪、地毛です。その、昔から身体弱くて、あんまり学校行けてなくて、が……学校久しぶりで、すごく緊張してます。け、けどお友達ほしいです！　ゲームとか漫画とか好きです仲良くしてくださいよろしくお願いします！」

一気に最後まで言いきって深々と頭を下げた。一生懸命なのが伝わったのか、パチパチと拍手が起きた。どこかから女子の「かわいー」と言う声も。

ゆいは席につくと心底安心したようにほーっと息を吐く。

「お疲れ。頑張ったな」

「ん……。がんばった」

本当に、大した進歩だと思う。

こういう場での自己紹介なんて自分でも緊張する。それをついこの間までコミュ障でまともに喋れなかったゆいがやれたのだ。

巣立ちを見守る親鳥の心境というか、なんだか寂《さび》しいような誇らしいような不思議な気分だ。

「……けど、今朝《けさ》の方が……ずっと勇気、出したから……」

「え？」

聞き返すがゆいは反対の方を向いてしまった。

今朝の出来事というと……優真の家まで来て『一緒に学校行こう』と誘ったことだろうか？

……あの時もゆいの顔はまっ赤だった。

少し前なら平気でくっついてきていたゆいが、自分を誘うのをそんなに意識していた？

そう思うとまた胸がドキドキしてしまう。またゆいのことで頭がいっぱいになってしまう……と。

「……ーマ。ユーマ……」

「え？　ど、どうした？」

「自己紹介、ユーマの番……」

「え？」

顔を上げるとクラスメイトと先生の視線が優真に集中していた。

「わっ!?　す、すいません！　えっと、す、杉崎《すぎさき》優真です！　よろしくお願いします！」

一応、自己紹介の内容はある程度考えていたのだが、ものすごく簡単に終わった。

そんなこんなあったが無事ホームルームが終わり、教科書の配付や注意事項などの説明が終わると下校の時間になった。

校舎を出ると昇降口から校門までの間は新入生や入学式に来た保護者でごった返していた。ゆいとはぐれないように肩を寄せ合いながらそれぞれの家族を探す。

「ゆいはこの後どうするんだ？」

「お父さんとお母さん、校門出たとこで待ち合わせしてる。ユーマは？」

「俺も姉貴と学校出たとこで合流する予定」

「そうなんだ。……えと……じゃあさ……。よかったら、わたしのお父さんとお母さん、会ってほしい」

「へ？　ゆいの親？」

「う、うん。今度紹介しなさいって、言われてるから……」

「紹介って……」

まあ、ゆいは女の子だし、春休みの間はほぼ毎日一緒に遊んでいたのだ。親としてはかわいい一人娘を連れ回していた男なんて気になって仕方ないだろう。

ただ正直、好きな女子の親と会うというのは……ものすごく緊張する。

（というか、俺はゆいのご両親からしたらどういう認識なんだろう？）

……最悪、愛娘《まなむすめ》を狙《ねら》う気に入らない輩《やから》と思われている可能性もある。そう思うとあんまり会いたくないのが本音だ。

とはいえ、いつもゆいとは仲良くしているしこの間なんて家に泊めてもらったのだ。一度くらいは挨拶《あいさつ》しておいた方がいいのかもしれない。

と、そんなことを考えていると聞き慣れた声がした。

「あ、いたいた。ゆーくーん。ゆいちゃーん」

優真の義姉、ネネの声だ。

声のした方を見るとネネが小走りで駆けてきて、そのままゆいに抱きついた。

「ひゃっ⁉」

「二人ともお疲れさま～。ゆいちゃんは久しぶりの学校だけど大丈夫だった？　というか制服かわいいね後で撮らせて～♪」

ネネはゆいを胸に抱きしめて『いい子いい子』とばかりに頭を撫でて愛《め》でている。

……ネネははっきり言って美人だ。そんなネネが豊満な胸にゆいを抱きしめてかわいがっている姿は何とも絵になる。実際周りの視線がかなり集まっているし、男子は一様に頰《ほお》を赤くしている。

「ネ、ネネさん。お久しぶり、です」

「うん久しぶり～♪　……ってあら？」

ネネはゆいをジッと見つめ、目を細めた。

「な、何ですか？」

「ゆいちゃん、ちょっと見ない間にさらにかわいくなってない？」

「……え？　あの、そんなこと、ないと思います……」

「ううん。んー、表情が柔らかくなったからかな？　魅力が三割増しというか……とにかくなんかいい感じ」

「あ、ありがとう、ございます」

ゆいは照れくさそうに顔を伏せてしまった。そうやって照れている姿もかわいいのだが、本人は自覚していないようだ。

ネネは意味深に優真の方を見てニマニマ笑っている。

「ゆーくん。ゆいちゃんのこと、ちゃんと護《まも》ってあげるのよ？」

「……わかってるよ」

ぶっきらぼうに答える。なにせネネには自分がゆいのことを好きなのを知られている。からかわれたら勝てる気がしない。

そうしていると、「あ、いたいた。ゆい～」と人混みの中から聞き慣れない女性の声が聞こえた。

「あ、お母さん。お父さん」

声の方にゆいが手を振る。ゆいの両親と思《おぼ》しき二人が近づいてきた。

（……若っ⁉）

危うく口に出てしまいそうになった。ゆいのお父さんもお母さんもものすごく若く見える。特にお母さんは、ゆいの歳的にどんなに若くても三十代のはずなのだが『大学生です』と言っても問題なく通用しそうな若々しさだ。これにはネネも目をまん丸にしている。

「えっと、わたしのお母さんとお父さん、です」

ゆいがそう紹介する。ハッと我に返ったネネは真面目な表情で頭を下げた。

「はじめまして。杉崎ネネと申します。ゆいさんには弟が大変お世話になっております」

「っと、杉崎優真です。よろしくお願いします」

ネネにならう形で頭を下げる。

「まあ、これはどうもご丁寧に」

向こうも挨拶を返してきて、簡単に自己紹介を終えた。

（ゆいのご両親……）

優真は少し固くなる。友達の両親に会うというのは何となく緊張するしそれが好きな女子の親となればなおさらだ。

ただ一方、ゆいのお母さんは優真をキラキラした目で見ていた。優真に近づくと両手で優真の手を取る。

「あなたがユーマ君なのね。いつもゆいがお世話になってます」

「あ、は、はい。どうも」

柔らかい手で握手され、友達のお母さんなのはわかっているのについどぎまぎしてしまった。

「ふふ、会えて嬉しいわぁ。ゆいったらいつもあなたのことばっかり話すから、一度会ってみたいと思ってたの」

「お、お母さんやめて！　は、恥ずかしい……」

「あらあらこの子ったら、うふふふふ♪」

ゆいのお母さんはどうやら明るい性格のようだ。なんとなくネネと気が合いそう。少なくとも悪印象は持たれていないようだとホッとする。

ただ、一方のゆいのお父さんは……一応顔は笑っているのだが目が笑っていない。

「……初めまして。ゆいの父です」

「あ……ど、どうも、初めまして。ゆいさんにはいつもお世話になってます……」

ぎこちなく挨拶する。なんだろう、怖い。

「うふふ、それにしてもなんだか不思議な気分ねー。あのゆいに彼氏ができるなんて」

ゆいのお母さんは楽しそうにそんなことを言った。お父さんの額にビキッと青筋が浮かび、ゆいと優真がまっ赤になってワタワタしだす。

「ち、ちが！　違うからっ⁉」

「違いますからね⁉　お、俺達はそういうのじゃなくて！　友達同士で！」

二人で必死に弁明するが、お母さんは「あらあら」とニコニコしたまま。お父さんはまるで品定めでもするような鋭い目で優真を見ている。

だが、急にお父さんの鋭かった視線が緩《ゆる》み、どことなく寂しそうに目を細めた。

「……この後仕事でね。そろそろ行かなければ……」

ポツリと呟《つぶや》くようにそう言って、優真の肩にそっと手を置いた。

「優真君。娘を頼んだよ……」

「え？　は、はい？」

お父さんはそう言って、とぼとぼ駐車場の方に行ってしまった。

「お、お母さん？　お父さんどうしたの？」

「かわいい愛娘がついに他の男の子にとられちゃって寂しいんでしょうねぇ。ゆいの前だと出さないけどここ最近ずっとしょんぼりしてたのよ？　『あの子ももうそんな年頃《としごろ》か』って」

「だ、だから！　優真とは友達だから！」

必死に声を上げるゆいだが、お母さんは少し残念そうな顔をしていた。

「恥ずかしいのはわかるけど、ちゃんと恋人として紹介してほしいな？　そうしてくれた方がお母さんも安心できるというか……」

「だから恋人とかじゃなくて……」

「大丈夫、別に怒ったりしないから。……これはお父さんにはまだ内緒なんだけど、この間ゆいのベッドのシーツを換えてる時にね？　見つけちゃったの、ちょうどユーマ君ぐらいの長さの黒い髪の毛」

「……え？」

「私達が仕事で留守にしてた日、ゆい一人にしてはずいぶん食材とか減ってるなーと思ってたけどそれで合点がいったわ。その……二人はもう、そういう関係なんでしょ？」

「「………ちがうっ⁉」」

二人同時に声を上げた。

「ちがっ！　ちがうから！」

「ほ、本当に違いますからね⁉　お、俺達はそういう関係では決してなくて……」

「大丈夫、私はゆいに恋人ができたことは嬉しいし反対したりしないから。ただ、お泊まりまでしちゃうのは流石にちょっと早いかなーとは思うけど……」

「だ、だから！　俺達は本当にそういうのじゃなくて！　た、確かに家に泊まりはしましたけどそれは友達同士の健全なやつで……」

「ゆーくんお泊まりしたの⁉」

ネネが声を上げた。やってしまったと優真は顔をおおう。ネネにはゆいの家に泊まったことを内緒にしていたのだ。

ずいっとネネが距離を詰めてくる。

「お泊まり、したの？」

「だ、だからそれは……」

「したのね？」

「………まあ、その……うん。た、ただ泊まったって言ってもあくまでも友達同士のあれで！　変なこととかはまったくなかったから！」

「いやそうだとしても女の子の家にお泊まりっていうのはどうなのよ。話聞いてる限りゆいちゃんのご両親もいなかったみたいだし」

「それは……仰《おっしゃ》る通りです」

「わ、わたし、だから！」

声を上げたのはゆいだ。優真が怒られていると感じたのか頑張って声を張っている。

「わ、わたしが、ユーマに泊まっていってって、誘って！　だ、だからユーマは悪くなくて……！」

「ストップゆいちゃん。誰《だれ》が聞いてるかわかんないからもうちょっと声抑えようか」

ゆいはハッとして周りを見回す。チラチラとこちらに向いていた周りの視線がサッとそらされた。

「あう……」

ゆいはたちまち顔をまっ赤にして黙り込んでしまった。

ネネは苦笑いしつつゆいのお母さんの方を見る。

「立ち話もなんですし、近くのファミレスでご飯でも食べていきませんか？」

「あ……すいません。うちの子、外食はちょっと……」

「い、いいよ……？」

断ろうとしたお母さんの袖を引っ張って、ゆいがそう声をかける。

「わ、わたし、もう大丈夫だから……」

そう言われたお母さんは驚いたように目を丸くして、嬉しそうに目を細めた。

「じゃあ、行きましょっか」

「ゆーくんもそれでいい？」

「……うん」

そんなこんなあって、近くのファミレスで合同家族会議が行われることになった。

◆二話◆　期待とドキドキ

学校近くのファミレスで、テーブル席に優真《ゆうま》とゆい、ネネとお母さんの二組に分かれて向かい合って座った。

お母さんはコホンと咳払《せきばら》いし、早速本題に入る。

「それで、実際のところどうなの？　怒らないから正直に話してね？」

「な、何度も言いますけど、確かに泊まりはしました！　けどあくまでも友達同士の健全なやつで！　別に変なこととかはしてませんから！」

「う、うん！　ホントだから！　お、お母さんが心配してるようなことはなかったから！」

「じゃあゆいのベッドのシーツにユーマ君の髪の毛がついてたのは？」

「それは……えと……いっしょに、寝たから……」

「同じベッドで寝たの？」

「……うん」

「もう高校生にもなる女の子が、男の子と一緒のベッドで寝たって時点でお母さん流石《さすが》にどうかと思うの」

「……ごめんなさい」

「い、いやそれはちゃんと断りきらなかった俺《おれ》も悪くて！　それにその……キ、キスとかそういう恋人的なことはしてませんから！　な、ゆい⁉　俺達そういうことはしてないよな⁉」

「う、うん。キスとかは……キス………」

「ん？　どうした？」

ゆいはぷしゅう、と湯気が出そうなくらいまっ赤になってしまった。

——優真は知るよしもないことだが、一緒に寝てるときにキスする夢を見たりキスしたいと思ったりしたことを思い出してしまったのだ。

「わ、わたし！　お手洗い行ってくる！」

「え⁉　ちょっ⁉　ゆい⁉」

そして耐えきれなくなったゆいは一目散に逃げていってしまった。

……そんな反応をしたら『何かありました』と言っているようなものだ。

優真に注《そそ》がれる二人の視線。完全に針のむしろだ。優真は水をちびちび飲みながら小さくなっている。

そんな優真を見ていたネネは小さくため息をついて口を開いた。

「とりあえずさ。ゆーくんはゆいちゃんのこと好きだよね」

「ちょっ⁉　姉貴⁉」

いきなり何を言い出すのかと顔を上げるが、ネネの表情は真面目《まじめ》そのものだった。少なくとも茶化《ちゃか》すような気配はない。

「ゆーくんとゆいちゃんの間に何かあったかどうかはともかく、ここまで来たらそこは認めといた方がいいと思うの。ゆいちゃんのお母さんが本当に知りたいのは二人が付き合ってるのかじゃなくて、ゆーくんにゆいちゃんを任せてもいいのかだと思うから」

「……そうね」

頷《うなず》いたのはゆいのお母さんだ。

「ユーマ君。私たちは二人を責めるつもりはないの。ただ……これはあの子のこれからにとってすごく大切なことだと思うから」

お母さんは真剣な目でそう言ってきた。

……確かに大切なことだ。

ゆいは身体が弱い上にいじめられていて、中学までほとんど学校に行っていなかった。

そんなゆいに対して、今一番近い場所にいるのは優真だろう。優真と出会ったからコンプレックスやコミュ障も大幅に改善し、緊張しながらでも笑顔で学校や外食に行けるようになった。

……逆に、優真がゆいを傷つけるようなことをすればまた元に戻りかねない。

また学校に行けなくなったりするかもしれない。引きこもってしまうかもしれない。大げさでも何でもなく、優真の行動はゆいの今後の人生を左右してしまうかもしれないのだ。お母さんが気にかけるのも当然だろう。

そんなお母さんに対して、自分の気持ちをごまかすのは不誠実だと思った。

「まあ……、好き、です。はい……」

「それは異性として？」

「う……」

言葉に詰まった。正直それを認めるのはものすごく恥ずかしい。けれど優真はぎこちなく頷く。

「………はい。その、好き……です。異性として……すいません」

「別に謝らなくてもいいわ。さっきも言ったけど私個人は反対とかしないから。それで、ユーマ君はうちにお泊まりしたのよね？」

「……はい」

「一線を越えるようなことは？」

「そ、それはないです本当に！」

優真が必死にそう言うとお母さんは少し笑ってフッと息を吐いた。

「わかりました。……ごめんなさいねこんなことまで聞いちゃって。あの子も女の子だから」

「いえ、その……心配して当然だって、思いますから」

ゆいのお母さんは何も興味本位で聞いているわけじゃない。

自分の愛娘が異性を家に泊めたのだ。当然いろいろと気にしなければいけないことがある。そうでなくてもゆいはあの性格で、その上異性に対して警戒心がなさすぎる。心配になって当たり前だろう。

「そ、その！　俺はゆい……さんのことが、好きです。け、けど！　だからこそ大事にしたいです！　その、まだ子供の俺が言っても説得力ないと思いますけど、ゆいさんが不幸になるようなことは絶対しません。だから、その……」

「それは『娘さんを僕にください』っていうやつかしら？」

「い、いやそういうのじゃなくて！　ただその……えっと、ええっと……」

自分でも何が言いたいのかわからなくなってきた。

いや、伝えたいことはたくさんあるのだがどう言葉にすればいいのかわからない。

——頭の中でゆいの姿を思い浮かべた。

自分はゆいをどうしたいのか、何をしてあげたいのか。気持ちを落ち着けて伝えたい言葉を探す。

「……大事にします。俺に任せてください。絶対に幸せにします」

最初に出てきた言葉がそれだった。

言ってから『これってまんま〝娘さんを僕にください〟的なやつなのでは？』と顔が熱くな

るのを感じる。

だがゆいのお母さんは優しい表情を浮かべていた。

「ええ、うちの娘をよろしくね」

「は、はい！　……へ？」

あまりにもあっさりと返されて優真は目をパチクリさせた。

お母さんはクスクスと笑っている。

「そのことに関してはお父さんとも話してもう結論が出てるの。ゆいがあなたと一緒にいたいなら、私達は口出ししないでおこうって」

お母さんは目を細める。

「あの子ね、ユーマ君と会うようになってからすごくいい顔で笑うようになったの。こうやって家族で外食なんてことも、少し前までは考えられないことだったんだから。……きっと私達じゃ、あの子にこんな幸せは与えてあげられなかった」

「……与えたっていうのは、ちょっと違うと思います」

優真は呟《つぶや》くように言った。

「俺と会いたいって言ったのも、変わりたいって言ったのも、全部あいつの方からでした。俺はその手伝いをしただけです」

——ゆいは内気で臆病《おくびょう》で……なのに意外と行動力はあって、自分の欠点を克服しようと一生懸命頑張っていた。

そんなゆいと一緒にいるうちにいつしか好きになっていた。……この子が幸せになるのを見たいと思うようになっていた。

優真の言葉にお母さんは嬉《うれ》しそうに微笑むと、姿勢を正して頭を下げた。

「ありがとう。これからもゆいのこと、よろしくお願いします」

「こ、こちらこそ、よろしくお願いします」

優真もあわてて頭を下げた。ひとまずは認めてもらえているようだが……この短時間でなんだかいろいろとすごいことをやってしまった気がする。

頬《ほお》が熱い。しばらくまともにゆいの顔を見られそうにない……と思っていたのに、ゆいが戻ってきてしまった。

「た、ただいま」

「……おう」

ゆいがあらためて隣に座るが、落ち着かない。なにせついさっきお母さんに『娘さんを僕にください』みたいなことをしてしまった後だ。

チラリと、ゆいの様子をうかがう。

――ネネのお店でおしゃれを覚えて以降……いや、特にここ最近はかわいらしさに磨きがかかっている気がする。

以前とは違って自分のことをかわいく見てもらいたがっているというか、うまく言葉にできないが何となくそういうものを感じる。

そして実際、優真はそんなゆいがかわいくて仕方ないわけで……。

「ユーマ？　どうかしたの？」

「なんでもない……ごめんちょっと俺もトイレ……」

結局、耐えきれなくなって優真もトイレに逃げてしまった。

†

(ユーマ、様子がおかしかったけど、お腹《なか》痛くなったのかな？)

ゆいはそんなことを考えながら、先に運ばれてきたジュースをちびちびと飲んでいた。

(……それはそうと、さっきからお母さんとネネさんがずっとニコニコしてるけどどうしたんだろ？)

「ねえゆい？　答えられたらでいいんだけど、一つ聞いてもいい？」

「え？　う、うん。なあにお母さん？」

「ゆい的には将来、ユーマ君のお嫁さんになるっていうのはありかしら？」

――飲んでいたジュースを吹き出しそうになった。

†

優真はどうにか、トイレで気持ちを落ち着けていた。

……まだ心臓がドキドキしているが一応は大丈夫だろう。

（やっぱりなんか、すごいことをしてしまった気がする……）

お母さんの方は好意的に受け入れてくれたようだが、それはそれで困るというか……流石にまだ早いというか……。

……『まだ早い』なんて考えている時点で相当重症なことに気づいて苦笑いした。

どうにかポーカーフェイスを取り繕って席に戻る。――が、ちょっと様子が変わっていた。

「ただいまー」

「～～～～～っ⁉」

優真が声をかけると、ゆいはビクッと肩を震わせてたちまち反対側を向いてしまった。

「……どうかしたのか？」

「な、なんでもない、です」

「うんうん、何でもない何でもない♪」

「うふふ～♪　ユーマ君は気にしなくていいのよ～」

……なんか、ネネとお母さんがすっごくニコニコしている。

「あ、ネネさんネネさん。お会計の時は私が全部払いますね」

「そんな〜、悪いですよ〜」

「いえいえ〜、ここは払わせてくださいよ〜。ユーマ君にはうちの娘が末永くお世話になることになりそうですし〜」

「そういうことでしたらお言葉に甘えますね。うふふ〜、ブラックコーヒーがすっごく甘いわ〜♪」

「……いったいなんなんだ？　ゆい、俺がいない間に何かあったのか？」

「な、なんでもない、から……」


何はともあれ、その後は全員で昼食を取りつつ親睦を深めた。

「それにしてもお母さまってお綺麗《きれい》ですよね。秘訣《ひけつ》とかあったりするんですか？」

「恋は女を綺麗にするっていうからそのおかげかな。私と夫っていわゆる幼馴染《おさななじみ》なんですけど、昔からずっと想《おも》い合ってきましたから」

「なるほど。はー、私もいい人いないかなー」

「ネネさんはお綺麗ですから、その気になればすぐ見つかると思いますよ？」

「うーん。とは言ってもつい高望みしてしまうと言いますか、なかなか理想の人と巡り会えなくて……」

「ちなみに理想の人というと？　もしかしたら紹介できるかもしれませんよ？」

「そうですね……。二十歳未満でかわいい系でなおかつ芯《しん》が強くてしっかりしてて、私の趣味に理解がありなんなら一緒に趣味を楽しんでくれて……」

「な、なるほど……？」

そんな話で盛り上がっている二人に対し、優真とゆいは黙々と料理を食べている。

正確には優真の方から何度か話しかけたが、ゆいの方が様子がおかしくなってほとんど会話ができなかった。

とはいえゆいが緊張している時などにうまく話せなくなるのはもう慣れたものだ。食べながらなので少し行儀が悪いが、スマホを手に取りチャットを開始する。

『お前のお母さんってホントに若いよな。いったいいくつなんだ？』

送信するとゆいのスマホからペコン♪と音がする。ゆいは少し視線を泳がせた後、返信してくれた。

『ユーマ、女の人の歳《とし》を聞くのはマナー違反だよ』

『あー、ごめん。ちょっと無神経だったな』

『まあお母さんはそういうの気にしないけどね。とりあえず三十代前半だよ』

『若っ⁉　いや本当に若いな』

『うん。お母さんってさ、十六歳になってすぐにお父さんと結婚したんだって』

『へー、すごいな』

優真もゆいももう少しすれば十六歳になるが、その歳で結婚しているというのはなかなか想像できない。

『子供の頃から結婚の約束してて、誕生日の日に婚姻届出しに行ったんだって』

『いやマジですごいな。漫画とかでもなかなか見ないぞそんなの』

『うん。けど、なんかいいよね』

『ゆいもそういうの憧《あこが》れたりするのか？』

『ん。でも男の人は結婚できるの十八歳からだから、あと二年――』

……そのメッセージは読んでいる途中でゆいが消してしまった。隣に座っているゆいを見るとまた優真と反対方向を向いてしまっている。

「どうした？」

「な、なんでもない。そ、それよりそろそろデザート頼も？　ね？」

「お、おう？」

何か引っかかったがとりあえずネネ達にデザートを頼むことを伝え、メニューに目を通す。

大手チェーン店なだけあってデザートのメニューも豊富だ。つい目移りしてしまってなかなか決められない。

――と、ゆいがメニューの同じ箇所をジッと見つめていることに気がついた。

「何か食べたいのあったか？」

「あ、うん……。えっと、ね？　これ、美味《おい》しそうだから食べてみたいけど、すごく大きいから食べきれるかなって」

ゆいはそう言ってメニューに載っている『特製ジャイアントパフェ』をさしている。

「じゃあ一緒に食べるか？　二人ならいけるだろ」

「ホント？　ありがとー」

ゆいは嬉しそうにふにゃっと表情を崩した。……また頭を撫《な》でたい衝動に駆られたがネネとお母さんの前なので我慢した。


そしてしばらくすると、注文していたパフェが来た。

「わぁ……♪」

「お、思ったよりでかいな……」

「だいじょうぶ。たぶんいける。早く食べよ♪」

ゆいはもう待ちきれないといった感じだ。

（えっと、取り皿は……）

優真はパフェを皿に取り分けようとする。だが……。

ゆいはひょいとスプーンで直接パフェのアイスクリームをすくい、パクリと食べてしまった。

「～～～っ♪」

ゆいはほっぺたに手を当て、なんとも美味しそうに食べる。

「えへへ♪　パフェって、食べるの初めて♪」

「そ、そうなのか？」

「ん♪　以前は外食なんてほとんどしたことなかったから」

嬉しそうにそう言ってさらにもう一口、二口。

「ユーマ食べないの？　おいしいよ？」

「あ、ああ……」

——これ、食べ進めたらそのうち間接キスになるんじゃ……。

そう思いはしたが、せっかく初めてのパフェを楽しんでいるゆいの邪魔をしたくない。

それにゆいがまったく気にしていない様子なのにそんなことを言い出すのは、こっちが意識しまくってるみたいでなんだか恥ずかしい。

「………」

結局、優真も何も気づかないふりをして反対側から食べることにした。クリームが美味しい。

けれど正直それどころじゃない。

ゆいは幸せそうに、優真はおそるおそるパフェを食べ進めていく。そして――。

「………あ」

ゆいが小さな声を上げて手が止まった。

もうパフェの量もかなり減ってきていて、お互いのスプーンが触れていないところがほとんどない。

そこでようやく自分のミスに気づいたようだ。顔を赤くして、空中でスプーンをうろうろさせている。

「………っ」

だがゆいは意を決したように、優真が食べたクリームのところをすくい取り、パクッと口に入れた。

顔をまっ赤にしたまま視線をそらし、口をもごもごと動かしている。

優真もそろりそろりと、先程ゆいがすくったクリームの残りをすくい取り、口に運んだ。

甘い。すごく甘い。けど、恥ずかしくてたまらない。

お互いに相手の方を見られなくて、顔をまっ赤にして視線をそらし合ったたままさらにスプーンをパフェに伸ばす。

すると空中でお互いのスプーンがカチンとぶつかってしまった。

お互いパッとスプーンを引く。ただでさえ熱かった頬がさらに熱くなる。

ドキ
ドキ

「わ、悪い」

「う、ううん。こちらこそ」

「残り……食べるか？」

「ん……」

ゆいはパフェのグラスを自分の方に引き寄せ、モソモソと食べ始める。

そんな姿を見ていることすら照れくさくて視線をそらすと……ネネとゆいのお母さんがすごくほっこりした顔で二人を見ていた。

「いいですよね……」

「わかります……」

優真はもう恥ずかしくて恥ずかしくて、ゆいが食べ終わるまでひたすらスマホをいじるふりをしてごまかすのだった。


「それじゃあそろそろお開きとしましょっか。上城《かみしろ》さんって帰りはどうするんですか？」

「私はこの後買い物したいので。それが終わったら電車で帰るつもりです」

「あ、じゃあよければ一緒にお買い物どうですか？　私の車で送っていきますよ？」

「いいんですか？　それじゃお言葉に甘えて」

するとネネとお母さんが何かアイコンタクトを取ったような気がした。

「ごっめーん。そういうわけでゆーくんとゆいちゃんは二人で一緒に帰ってね」

「ユーマ君。うちの娘のことお願いね♪」

会って間もないのに抜群のコンビネーションを発揮して、二人はさっさと行ってしまった。


帰り道。気恥ずかしくて電車内ではほとんど何も話さなかった。

ようやくまともに話し始めたのは電車を降りて、駅から家までの道を歩いている時だった。

「その、なんかごめんな?」

「え?」

「いや、なんかいろいろ。特にお前の親に……その、俺達がそういう関係だって誤解させてたのとか……」

「だ、だいじょうぶ！　その……」

顔を伏せてもじもじしながら、ゆいはチラチラと優真を見る。

「ユーマと、なら……いやじゃ、ないから……」

また胸が高鳴るのを感じた。『そういうとこだぞ』と心の中で呟く。

「わ、わたしの方こそごめんね？　お母さん、いろいろ勘違いしてて……」

「……俺も」

「……え？」

「俺も嫌じゃ、ないから」

「ーーーーっ」

ゆいは顔をまっ赤にしてまた顔を伏せてしまった。

……けれど、少しするとそろりそろりと手を伸ばしてきて、ちょんと優真の袖《そで》をつまむ。

ちょっとした行動なのに、それだけで愛《いと》しさで胸が苦しくなるのを感じた。

意を決して口を開く。カラカラに乾いた喉《のど》から声を絞り出す。

「……なあ、ゆい」

「ん……、どうしたの？」

「約束してたし、手、繋《つな》ごうか」

ゆいの肩がピクンと跳ねる。返答はない。

「あ、いや、嫌だったら普通に断ってくれていいからな？」

「い、いやじゃない！　いやじゃない……よ？　……ん。手、繋ご？」

そう言ってくれたのがすごく嬉しい。確認するようにそっと手を取って、壊れ物を扱うように優しく握る。お互いの感触を確かめるようにやわやわと握り合う。

恥ずかしいけれど、また手を繋げたのが嬉しい。幸せを感じる。心臓がすごくドキドキしている。

気持ちを落ち着けようとこっそりと深呼吸。けれどドキドキが全然収まらない。

お互い無言のまま、ドキドキする自分の心臓の音を聞きながら歩いていく。足元がふわふわしてなんだか現実感がない。


結局そのまま一言も発することなくゆいの家まで来てしまった。

繋いだ手をほどく。さっきまで感じていた温《ぬく》もりが離れる。……それを寂《さび》しいと思ってしまった。

「じゃあ、また明日」

「ん……。また明日」

ゆいもどこか名残惜《なごりお》しそうに目を細める。

「……ゆい」

「ん？　どうしたの？」

首を傾《かし》げて見上げてくる。そんな姿が愛しくてたまらない。

……優真ははっきり言って恋愛ごとには疎《うと》い。だが、ゆいがすごく自分のことを慕ってくれていることくらいはわかる。

……『好きだ』と伝えて、恋人になれたら。今すぐここで抱きしめられたら、それはどんなに幸せだろう。

喉元《のどもと》まで言葉が出かかる。けれど優真はその言葉を飲み込んだ。

「……いや、なんでもない。それじゃあな」

「？　ん、ばいばい」

手を振り合って別れる。

……ゆいはたぶん、自分が付き合ってほしいと頼めば断らないだろう。なにせ以前に『今までのお礼に付き合うよ？』なんて言ってきたくらいだ。

だが、ゆいが本当にどちらの関係を望んでいるのかまだわからない。

ゆいも少しは恋人になりたいなんて思ってくれてるのか。それとも、これからも親友のままでいたいと思っているのか。

そうでなくても、今は高校に入学したばかり。特にゆいにとっては久しぶりの学校で、不安でいっぱいの時期だろう。

仮に告白するにしてももっと状況が落ち着いて、ゆいの気持ちをある程度確認できてから。

優真はあらためてそう決めて、家へと帰っていった。

†

ゆいは家に入って玄関の扉を閉めるやいなや、ホーッと息を吐いてその場にしゃがみ込んでしまった。

まだ顔が熱くて両手でパタパタ。胸もドキドキと鳴りっぱなしだ。……苦しいくらい愛おしくて、幸せな時間だった。

久しぶりの学校だったのも合わせてもうヘトヘトだ。ふらふらした足取りで二階に上がり、自分の部屋に引っ込む。

制服のままベッドに倒れ込み、お気に入りの羊のぬいぐるみを抱きしめた。ふわふわした感触が気持ちいい。

（……前にお泊まりした時、ここでユーマと一緒に寝たんだよね？）

ふと、あの時のことを思い出してしまった。

一緒のベッドで寝て、雷で怯《おび》える自分を抱きしめてくれて……そんな状態でキスする夢なんて見てしまって、自分の気持ちに気づいて。

思い出しただけでまた顔が火照《ほて》ってくる。恥ずかしさをごまかすようにぬいぐるみに顔を埋める。

恥ずかしくてたまらない……のに、思い出すとドキドキして、とまらない。

（……ユーマはわたしのこと、どう思ってるのかな……？）

優真はいつも自分に優しくしてくれる。すごく大切にしてくれる。

それは自分のことを親友で妹分だと思ってくれているからだろうけど……そこに、少しでも下心があってくれたらいいのになんて考えてしまう。

自分と優真が同じ気持ちだったら。両想いになれたら。それはどんなに幸せだろう。


けど……。


同時に、怖いとも感じた。

幸せすぎると、それを失った時が怖い。期待しすぎると、それがダメだった時が怖い。

好きだけど。両想いになりたいけど。今で十分幸せ。これ以上を望んだらバチが当たる。今の関係のままでいい。そんな気持ちが、自分の心にブレーキをかける。

ゆいは心の中のもやもやを振り払うように頭を振った。

なんにせよ、今はそれよりも学校のことだ。ゆいはそう自分に言い聞かせ、明日の準備に取りかかるのだった。

◆三話◆　ゆいと新しい友達

次の日の朝、制服に身を包んだゆいは鏡の前で念入りに身だしなみを整えていた。

——以前は鏡を見るのに抵抗があったけれど、最近は鏡の前に立つ時間がすごく増えた。

前髪をちょいちょいといじったり、身体をひねって制服が乱れていないか確認したり。

（……男の子って、スカート短い方が嬉《うれ》しいのかな？）

そんなことを考えて試しにスカートを短くしてみて……恥ずかしくてすぐに元に戻した。

——そわそわ、そわそわ。

今朝《けさ》もまた、優真《ゆうま》が迎えに来てくれる。

外で待っているのもなんだろうということで、来たらインターフォンを鳴らしてくれることになっている。だがこれはこれで落ち着かない。

ゆいはポフンとベッドに腰掛けた。羊のぬいぐるみを膝《ひざ》に乗せてギュッと抱きしめる。

（まだかな……）

胸がドキドキしている。優真とは毎日会っているのに、早く会いたい。話したい。そんな風に思ってしまっている。

（だけど……わたしがユーマのこと好きなの知ったら、ユーマはどう思うかな……）

……自分と優真はすごく仲がいいとは思う。

だけど優真は自分のことをどう思っているのだろうか？

親友としては好かれてる。そこはもう二度と疑わない。

けど……女の子としては、どう思っているんだろうか？

あくまでも妹分にすぎないのか。それとも、少しくらい女の子として見てくれているのか。

（わたしの気持ちに気づいて……嫌がられたらどうしよう……）

以前よりずいぶん改善したものの、基本的にゆいはネガティブな性格だ。それが初恋となればなおさらだ。

前に一度『ユーマがわたしのこと好きなら付き合うよ？』みたいなことを言ってしまったことがあるがあの時とは根本的に違う。

あの時は、優真が喜んでくれるならそれでよかった。けど今はゆいが優真のことを欲しくて欲しくてたまらない。他の誰《だれ》にも渡したくなくて、優真のことを独占したいだなんて思ってしまっている。

（そもそも、わたしはユーマとどういう風になりたいんだろう……？）

その辺りはゆい自身にも曖昧《あいまい》だった。

……キス、とか。恋人みたいなことをしてみたいという気持ちも少しある。けれど今の関係のままでも全然いいと思う。

一緒に登下校して、ゲームして、たまに一緒にどこかに遊びに行って。

今の親友同士という関係は心地よくて、すごく幸せだ。

今が幸せだからこそ、この関係を守りたいとも思ってしまう。好きになればなるほど自分の気持ちを伝えるのが怖いと感じてしまう。

——ずっと今の関係でいられるなら、恋人になんてなれなくてもいいんじゃないだろうか。

——だって、もしも告白なんてして、今の関係が壊れてしまったら……。

ピンポーン。

インターフォンの音で現実に引き戻された。ベッドから勢いよく立ち上がって、最後にもう一度だけ身だしなみを確認。カバンを摑《つか》んで一階へ駆け下りる。

「あらあら」

階段を駆け下りてきたゆいを、玄関まで送り出しに来ていたお母さんは微笑ましそうに見ていた。

「お母さん、行ってくるね」

「ええ、頑張ってね」

なんとなく、その『頑張ってね』にはいくつもの意味が込められている気がした。また頬《ほお》が熱を持つのを感じる。

扉を開けると門の前に優真がいた。

「おはよう」

「おはよ……」

あんなに会いたかったのに、こうして顔を合わせるとなんだか気恥ずかしくて声が小さくなってしまった。

「いってらっしゃい。ユーマ君、ゆいのことよろしくね」

お母さんに笑顔でそう言われ、優真は照れたように顔を赤くしながら「はい」と小さく答えた。

†

「それでは今日はクラスの親睦を深めるため、いくつかの班に分かれてレクリエーションを行います。くじ引きで班を決めるので、順番に取りに来てください」

朝のホームルームの後、担任の先生はそう言って段ボールの箱を教卓に置いた。

――高校生としての記念すべき初授業だが、最初はクラスメイト同士の交流をはかるようだ。

ちなみに今日はまだ半日授業。レクリエーションの後は学校案内をやり、その後に初日にしてスポーツテスト。そしてそれが終わったら昼食を食べて下校という少し変わった時間割だった。

たぶん、学校側の狙《ねら》いとしては最初は生徒同士で仲良くなる機会を設けようということだろう。……だが、ゆいは表情を引きつらせていた。

優真と一緒であれば、もう人の多いところでも出歩けるようになった。しかし優真と離れて、しかも他の生徒と何かするのは未経験だ。優真も心配そうに顔をしかめている。

「厳しそうか？　なんだったら先生に事情話してなんとかしてもらうとか……」

「だ、だいじょうぶ。そ、そこまで迷惑かけられないから。が……がんばる」

そうは言うものの不安でいっぱいだ。くじを引く時に『ユーマと同じ班になれますように！』と神さまにお祈りしながらくじを引いたが……今回は神さまは応《こた》えてくれなかった。

「それでは、席を移動してください」

先生の号令でクラスのみんなが席から立ち上がり、それぞれの班の場所に移動を開始する。……ちなみにゆいはA班、優真はF班。ちょうど教室の反対側だ。

——と、その時だ。優真が「お」と小さく声を上げた。

「飛鳥《あすか》、ちょっといいか」

優真はそう言って親しげに……ゆいの知らない女子に声をかけた。

（……名前呼び⁉）

ついそこに反応してしまった。

飛鳥と呼ばれたのはショートヘアで健康的に日焼けした肌の快活《かいかつ》そうな女子だった。優真に声をかけられると人懐《ひとなつ》こそうな笑顔を返してこちらに来る。

「おー、杉崎《すぎさき》くんやん。高校でもよろしくな。で、そっちは上城《かみしろ》さんやっけ。どないしたん？」

さらに初めて生で聞いた関西弁と親しげな様子に目をパチクリさせる。つい二人の顔を交互に見比べてしまう。

「ちょっと頼みがある。えーと、ゆ……じゃなくて、上城のことなんだけど……」

「自己紹介覚えてるよー。たしか学校久しぶりって言うてたっけ」

「お、話が早いな。お前と上城同じ班だろ？　こいつ久しぶりの学校でまだいろいろ不安だから、ちょっと気にかけてやってほしいんだけど……」

「うん。ええよー」

二つ返事での了承。流れがよくわからずオロオロしているゆいに優真は苦笑いした。

「ああ、悪い。こいつ飛鳥っていって、同じ中学だったんだ」

「上城さん、よろしくなー」

「よ、よろしく、お願いします……」

「固い固い、同学年のおんなじクラスやねんからもっと気軽でええよー？　んじゃ、班の方行こ？　あんまりうろうろしてたら先生に怒られるし」

初対面なのに気安くそう言って、にぱっと明るい笑顔を向けてくる。状況についていけず、ゆいはまだ目を白黒させていた。


大きなテーブルのように六つの机をくっつけ、その周りに班のメンバー六人が座る。くじ引きなので偏りが出たようで、A班は全員が女子だった。

そして……ゆいが席に座ると飛鳥以外の全員が少し、浮き足立つのを感じた。

「あ、どうも……」

「よ、よろしくー」

これはゆいにとってある程度予想できてしまった反応だった。自分とどう接するべきか距離感をはかられている感じで、どこか気まずい空気が流れる。

こういう時は、自分から歩み寄るのが正解だと頭ではわかっている。けれど失敗するのが怖くて、最初の一歩を踏み出せない。

……だが、飛鳥はまったく空気を読まずに口を開いた。

「ああやって頼んでくるってことは上城さんって杉崎くんと仲いいんやんね？　どういう関係なん？」

「え……？」

　いきなりそんな質問をぶっ込んできた。

「杉崎くんって？」

「ああ、あっちに座ってる男子。同じ中学の友達やったねんけどな？　高校上がって同じクラスやし挨拶《あいさつ》しとこーって思ったら見たことない知らん女の子と仲よさそうにしとったからめっちゃ気になっててん。なあなあ、どこで知り合ったん？　杉崎くんとどういう関係？」

「あ……えと、オンラインゲーム、してて……仲良くなりました」

「そういや自己紹介でゲーム好きって言っとったね」

「ゲームって前にアイドルがゲームで知り合った一般男性と結婚ってニュースでやってたよね。上城さんもそのゲーム？」

「う、ううん。違うゲーム……です。グランドゲートっていう……」

「んー。私は知らない」

「あ、私は知ってる。弟がハマってるから。へー、上城さんってそういうのやるんだ。なんか意外」

「そ、そうかな？」

「うんうん、なんか『どう守』とかやってそう」

「あ、わかるわかる」

飛鳥の発言に便乗《びんじょう》するように他の女子も会話に参加し始める。

会話とはそういうものだ。一度きっかけさえ摑めば初対面でも意外と話せる。

「いやー、やけどラッキーやったわ。この学校、中学の時の女子誰もおらへんかったから寂《さび》しかったんやけど、早速一人友達できて」

「と、友達？」

「え？　あかん？　うちもう上城さんと友達のつもりなんやけど」

「だ、ダメじゃない……けど」

——友達認定が早すぎる。

（こ、こんな簡単に友達ってできていいものなの？）

ゆいは自分が必死な思いで『お友達になってください！』と優真に言った時のことを思い出してなんとも複雑そうな顔をしていた。

「あ、もしかしてやけどうちの関西弁聞き取りづらい？　標準語で喋《しゃべ》った方がいいんやったらそうするで？」

「だ、だいじょうぶ……」

「まあ関西弁いうてもうちは大阪出身やないから大阪弁とは微妙に違うねんけどな。小六ん時にこっち引っ越してきて、最初は標準語喋ろう思ってたんやけどなんか『標準語喋ってる自分気持ち悪⁉』ってなってもうてさー。あ、関西弁やけどさ、友達とチャットとかする時に微妙に不便やねんなー。変換したらもうなんかわけわからん風に変換されたりして、やからチャットする時は標準語で話したりするんやけどそしたら向こうの友達『誰やねんお前』って。うっさいわ！　あ、やけどさ、最近……えー、変換ソフト言うん？　関西弁でもちゃんと変換してくれるやつ入れてちゃんと変換できるようになってん。けどそしたら今度は標準語でメールしてた友達から『誰？』って。うっさいわ！」

言葉の濁流にゆいは目を白黒させていた。

ネネも口数が多い方だったが、ネネは話し上手であると同時に聞き上手でもあった。うまく言葉を引き出してくれる感じで話しやすかった。

一方飛鳥はお喋り自体が大好きなようで、もうガンガン喋ってくる。こっちが口を挟むタイミングがほとんどないので、ゆいは曖昧に笑いながら時々頷《うなず》いて相づちを返す。

……ただ、不思議と嫌な感じはしなかった。

向こうが楽しくて喋っている感じではあるのだが、同時にこちらを楽しませてくれようとしているのも感じる。

それに向こうが勝手に盛り上がってくれるので、口下手なゆいとしては相づちを返すだけでいいこの会話は意外なほど気が楽だ。

そして何より……飛鳥はまだ一回もゆいの白い髪について触れていない。腫《は》れ物《もの》扱いとかでもなく、本当にまったく気にしている様子がない。それだけでもゆいは飛鳥に好感を持っていた。

……だが。

（あすかって、名前で呼ばれてた……）

やっぱり優真に名前呼びをされていたのが心に引っかかる。

優真は少なくともゆいよりは遙《はる》かにコミュ力が高いが、それでも大して仲がよくない女子を名前呼びするほどではない。

つまり、飛鳥はそれなり以上に優真と仲がいいということだ。

以前ならそんなことをここまで気にすることはなかっただろう。だが今は……優真のことを好きになってしまったゆいにとっては死活問題だ。

いい人だと思う。明るくて、元気があって、人好きのする性格。男女問わず好かれるタイプというのはきっとこういう人を言うのだろう。だからこそ気になってしまう。優真とどういう関係なのかと。

「ん？　上城さんどうかしたん？　うちの顔じっと見て」

「あ……いや、えと……」

――以前のゆいなら、ここでへたれて『何でもない』と黙り込んでしまっただろう。

だが今は……優真を誰かにとられたくないという気持ちの方が勝った。

「あ、あすか、さん！　ユ……ユーマと、仲いいの⁉」

　自分で思っていたより大きな声が出てしまった。他の女子が目を丸くしている。恥ずかしくて頬が熱くなるのを感じる。

　飛鳥は目をパチクリさせながらも少し考えて答えてくれた。

「んー、まあ、普通に友達やで？　せっかく同じクラスになれたんやしこれからもっと仲良くしたいとは思ってるけど」

「け、けど！　ユーマ、『あすか』って、名前呼びで……」

「え？」

　また飛鳥は目をパチクリさせる。そして少し間を置いて合点がいったのか、プッと吹き出した。

「ちゃうちゃう、よく間違えられるけど飛鳥って名字やから。うちのフルネーム、飛鳥恵《めぐみ》やで？」

「……え」

　ゆいは固まってしまった。

「というか自己紹介の時フルネームで名乗ってたけど気づかんかった？」

　……気づかなかった。

　自己紹介の時はそれどころじゃなかったし、飛鳥が優真に名前呼びされたと思って悶々《もんもん》としてしまい、まったくそっちに頭が回らなかった。

「ご、ご、ごめんなさい！　あ、あの、わた、わたし……」

「……上城さん、杉崎くんのこと好きなん？」

「〜〜〜〜〜〜っ⁉」

そしてあんなことを聞いたら当然感づかれてしまう。咄嗟《とっさ》に否定しようとしたが声が出ない。

恥ずかしくてたちまち顔がまっ赤になる。もう今すぐ逃げ出したい気持ちでいっぱいだ。

だが飛鳥の方は少し何かを考えると、にぱっとゆいに笑いかけた。

「うちな、あっちに座ってる名護《なご》くんと付き合ってるねん」

「……へ？」

「え？　それってあの眼鏡《めがね》で真面目《まじめ》そうな？」

「へー、なんか意外ー。飛鳥さんああいうタイプ好きなんだー」

たちまち他の女子も顔を寄せてきて内緒話モードになる。

漫画などで『女子は恋バナが好き』というのをよく見るが本当だったのかと、ゆいは軽く目を見張った。

「いや、うちも最初はお堅そうで苦手なタイプかなーって思ってたんやけど、中学の時文化祭で一緒にクラスの実行委員やってな？　みんなにテキパキ指示したり引っ張ってくれたりするとことか頼りになって。あとな？　勉強教えて〜って頼んだことあんねんけどめっちゃ丁寧に教えてくれて、それでなんか、気づいたら好きになってたって感じで」

「うんうん、それでそれで？」

「そっからめっちゃ頑張ってアピールしてさ〜。やけど名護くん、『女子には全然興味ありません』って感じで、そこで思い切って『祭花《さいか》高校合格できたら付き合って！』って告白して……あ、うち中学二年くらいまでめっちゃアホで、やけど名護くんと同じ高校通いたいからめっちゃ頑張って。そんで合格したら『正直言って僕は騒がしいやつが嫌いだった。だが、お前といるうちに騒がしいのも悪くないと思えるようになった。……お前に、そばにいてほしい』って言ってくれて……きゃー♪」

その時のことを思い出しているのか、飛鳥は照れくさそうに隣の女子の肩をぺしぺしはたいている。

そして火照《ほて》った頬を両手であおいで、今度はゆいに尋ねる。

「上城さんは、杉崎くんのどういうとこが好きなん？」

「え、あ、えと……優しいとこ……とか？」

「あ、やっぱり杉崎くんのこと好きやねんや」

「……〜〜〜〜っ」

あっさり誘導尋問に引っかかってしまったゆいに、周りの女子はクスクスと笑みをこぼす。

だがその笑いは、馬鹿《ばか》にしているような感じではなく微笑ましいものを見るような感じであった。

「恥ずかしがらんで大丈夫やって、うちがさっき話したとこやし誰も馬鹿にせえへんって。それでそれで？　優しいとこ以外はどんなとこ好き？」

飛鳥も他の女子も、目をキラキラさせながらゆいを見ている。こんな状況は初めてだ。

そういうことを話すのはすごく恥ずかしい。恥ずかしいのに……ちょっとくらい話してもいいかなと思った。

「えと、あの……わ、わたしのこと、すごく大事にしてくれて、趣味も合って……。それで、その、一緒にいるとドキドキして、幸せで……その……も、もうムリ……恥ずかしい……」

「は〜〜♪　やばいやばい！　なんかもうキュンキュンする〜♪」

そう言って飛鳥はガバッとゆいに抱きついた。優真とは違う柔らかい感触に、同性なのにドキドキしてしまう。

一方の飛鳥はまるでペットでもかわいがるようにゆいの頭に頬ずりしていた。

「なんやゆいちゃんめっっっちゃかわいいや〜ん♪　は〜、友達になれてよかった〜♪」

「あ……名前……」

「え？　あ、ごめん。上城さんよりゆいちゃんの方が呼びやすかったから。あかん？」

「う、ううん。名字より名前で呼ばれる方が、うれしい……です」

「ほんま？　じゃあこれからゆいちゃんって呼ぶな？　そしたらさ、ゆいちゃんもうちのことめぐちゃんって呼んでくれへん？」

「え、う……」

「嫌？」

「いやじゃない……けど、なんか、恥ずかしい……」

「え～？　杉崎くんのことは『ユーマ』って呼んどったやん。平気やって大丈夫やって呼び始めたらすぐ慣れるから。うちはゆいちゃんに『めぐちゃん』って呼んでほしいなー？」

「じゃ、じゃあ、その……めぐ、ちゃん？」

「なーにーゆいちゃん……って、いうか、すご、ゆいちゃん髪めっちゃサラッサラやん」

飛鳥はゆいを抱きしめたまま、楽しそうに髪を撫《な》でる。


――今回だけは、ゆいのコミュ障がプラスに働いていた。

恥ずかしそうに頬を染めながら好きな人のことを話す様子や、飛鳥にかわいがられている姿はまるで愛玩動物のようで、なんとも庇護《ひご》欲《よく》をそそるものだった。

同じ班の女子達も一様に表情が緩《ゆる》んでしまっている。

「……ねえねえ上城さん。私もちょっとだけ、髪触ってみてもいいかな？」

「え。う、うん」

他の女子に声をかけられ、ゆいは緊張気味に頷いた。

「じゃあ触るよー？　わ、やばい。ホントにすっごいサラサラ。シャンプーのCMとか出れそう」

「えー、私も触ってみたーい。……おー、本当だー。何か特別なお手入れとかしてるの？」

「えと……知り合いに、美容師さんいて……教わりました……」

「マジで？　よかったら私にも教えてもらってもいい？」

「う、うん。えっと、スマホにメモとってるから、それ見ながら……」

†

（……なんかかわいがられてる？）

優真は自分の班からこっそりとゆいの様子をうかがっていた。

ゆいは飛鳥に抱きつかれたり他の女子から頭や髪を撫でられたりしている。相変わらず緊張気味ではあるが、とりあえず変にいじられたりはしてないようで一安心だ。……なんとなくペット扱いされてる気もするが。

「杉崎、気になるのか？」

優真にそう声をかけたのは長身で眼鏡をかけた男子生徒——名護輝明《てるあき》。

優真にとって中学時代からの友人であり、ちょうど今ゆいと絡《から》んでいる飛鳥の恋人である。

「あの髪の白い……上城さんといったか。昨日もずっと一緒にいたがずいぶん親しそうだな」

「ああ、中学の時に『いつも一緒にグランドゲートやってるシュヴァルツってやつがいる』って話したことあっただろ。それがあいつ」

「ほう。すごい偶然だな」

「同じ高校に行くってわかった時はびっくりした。で、春休みの間に一緒に遊ぶようになって仲良くなったんだけどあいつ、身体弱くて学校来るの久しぶりだって言うからちょっと心配でな」

「……ふむ。お前達はいわゆる男女交際をしているのか？」

……危うく動揺してしまいそうになった。中学の時からそうだったが、名護はこういうことでもストレートに聞いてくる。

「い、いや。俺《おれ》とあいつはそういうのじゃないから。そういうお前は飛鳥とはどうなんだよ？」

「相変わらずだ」

「相変わらずって……確か合格発表の日から付き合いだしたんだろ？　少しくらい……」

「相変わらずだ」

「……相変わらずか」

動揺を表に出さないように頑張っていた優真に対し、名護は実に淡々と返した。

まあ本当に、相変わらずなのだろう。優等生かつ朴念仁《ぼくねんじん》な名護が飛鳥とイチャイチャしているところはなかなか想像できない。

——名護は基本的には、お堅くて無愛想なタイプだ。実際優真も以前はそう思っていた。それでも仲良くなれたのは……。

「ところで名護。最近、グランドゲートの調子はどんな感じだ？　インしてるのはちょくちょく見るけど」

「今は特にイベントもないのでデイリークエストをこなすだけという状況だ。もっとも、次のイベントは個人的に楽しみにしているので始まったら多少プレイ時間は増やすつもりではある」

「あー、たしか『ブラックボックス』ってアニメとコラボするって告知あったな。好きなのか？」

「うむ。アニメも原作も両方見ている。個人的にはここ最近のアニメの中で最上位に来る作品だ」

「へー。原作は俺もチラッと読んだことあるけど、アニメはどんな感じ？」

「ふむ。どんな感じ……か。いきなり話がそれるが、まずブラックボックスはアニメ版と原作でかなり構成が違うので別物と割り切った方がいい。そしてアニメ版のブラックボックスだが、原作のわかりにくいところを監督がうまく料理してくれたという感じだ。非常に見やすく、絵の癖《くせ》もなくなっているので自信を持っておすすめできる」

別に興奮した様子もなく淡々と、なのにどんどん言葉が出てくる。

名護も優真達ほどではないがグランドゲートをやっており、さらにアニメとかもがっつり見る方だ。おまけに評価や考察なども的確で、話してみると意外と楽しい。

そして、勉強などを教えてと頼むと基本的に断らない。どれだけできが悪くても根気よく丁寧に教えてくれる。

感情表現が薄いだけで意外と面白《おもしろ》くていいやつ。それが付き合いだしてからの優真の名護に対する印象だ。

……ちょっと打算的なのは自覚しているが、そんな名護にもゆいの友達になってほしいと思った。

名護ならゆいの髪がどうとかコミュ障気味なのをどうとか言わないだろうし、グランドゲートやアニメの話ならゆいも話せる。

とはいえストレートに『ゆいの友達になってほしい』というのは流石《さすが》にどうかと思うので、少し変化球を投げた。

「ちょっと話変わるけど、アニメとかゲームの話する専用のチャットグループ作ったんだけど入らないか？　まあ、メンバーまだ俺とゆ……上城しかいないけど」

チャットでならゆいも普通にお喋りできるので、まずはチャットでやりとりする方向に誘う。

名護は「ふむ」と少し考えた。

「そういう話ができる場所というのはいいが、上城さんはそういう話はどこまで大丈夫なんだ？　正直、女子にあまり聞かせたくない話もあるだろう」

「ああ、よっぽどどぎつい下ネタとかじゃなければ大丈夫。本人も『ネット歴長いから慣れてる』って言ってた。……というか俺、実際に会うまであいつが女子だって知らずに話してたから、ちょっとアレな話とかもしたことある」

「それは……ご愁傷さまだな」

ほんの少し、名護の口元が緩んだ。

「ではせっかくだ。入れてもらいたい」

「おう。それじゃ招待送るな」

スマホを取り出し、名護を招待する。少しして名護がチャットグループに入ったという通知が来た。

するとゆいの方にも通知が行ったのだろう。ゆいがスマホに反応し、飛鳥が隣から覗《のぞ》き込んでいるのが視界の端に見えた。

「え⁉ メンバーに名護くん入ってるやん⁉」

飛鳥は声が大きい上によく通るので、こっちまでそんな声が聞こえてきた。

「そうそう、この名護くんがうちの彼氏やで。なー？　名護くーん♪」

飛鳥が笑顔で手を振っている。呆《あき》れたような顔をしつつも手を振り返してあげている名護を、優真は苦笑いしつつ見ていた。

「む？　どうかしたか？」

「いや、愛されてるなと思って」

「そうだな。恋人として嬉しく思う」

「…………お前よくサラッとそういうこと言えるよな」

　そうやって飛鳥が他の班に声をかけても先生が何も言わないのがきっかけとなったのか、徐々にクラス全員が班関係なしに動きだすようになった。

　優真も最初は『いいのかな？』と様子を見ていたが先生は特に口出しする様子がない。というより先生も雑談していた男子生徒の輪に入って何か盛り上がっている。生徒の自主性を重んじる校風とは聞いていたがここまでとは。

　――と。

「名護くーん♪」

　飛鳥の嬉しそうな声。直後にてててと駆け寄ってきた飛鳥が、座っている名護に後ろから抱きついた。

　……思いっきり名護の後頭部に飛鳥の胸が当たっている。見ている優真の方がドキドキしてしまっているが、名護は相変わらずの仏頂面で飛鳥を見上げた。

「学校ではあまりそういうことはしないようにと言っただろう」

「ごめんごめん。今な？　新しい友達のゆいちゃんとお喋りしとったねんけどさ、名護くんと

むにっ

杉崎くんもお喋りしよー♪」

その言葉に優真はゆいの方を見る。――と、ゆいと同じ班の女子達がにやにやしながらこちらを見ているのに気づいた。

（な、なんだ……⁉）

女子達は何やらにやにやしたまま、まるで『頑張ってね』とでもいう風にゆいの背中をパンパン叩《たた》いてゆいをこちらに送り出してくる。

ゆいは顔をまっ赤にして下を向いたままこちらに来た。

「……ゆい？」

「〜〜〜っ。〜〜〜っ」

何を恥ずかしがっているのかはわからないが、ゆいは顔をまっ赤にしたまま口をもごもごさせている。

まあゆいが緊張したり恥ずかしかったりすると喋れなくなるのはいつものことだ。

「チャットで話すか？」

そう聞くとゆいはコクコク頷いた。

ちょうど隣の席が空いていたのでそちらに座らせ、チャットで会話する。

『他の女子達となんか盛り上がってたけど、うまくやっていけそうか？』

『うん。飛鳥さんのおかげでなんとかやっていけそう。いい人だよね、飛鳥さん』

『まあな。コミュ力の塊みたいなやつだしお前も参考にしたらどうだ？』

そんなことを話していると、いつの間にか優真のスマホを後ろから覗き込んでいた飛鳥が
「え〜？　そんな褒められたら照れるわ〜♪」とはしゃぎだした。

……顔が近くてちょっとドキリとしてしまった。一応名護の反応を確認するが無反応だった。

「人のスマホ覗くなよ……。まあけど、ありがとな、飛鳥」

「ううん、うちも友達増えて嬉しかったから。なー、ゆいちゃん？」

「う……うん」

「んもー、そこは『めぐちゃん』って呼び返してくれるとこやんかー。やっぱり名前で呼び合うん恥ずかしいん？」

「ん……け、けど、頑張るね？　め、めぐちゃん」

「やーんかわいい〜♪」

飛鳥は今度はゆいの方に行ってギューッと抱きしめる。

……女子同士でイチャイチャしているのもこれはこれでドキドキしてしまって、つい視線をそらしてしまった。名護は相変わらず仏頂面だった。

飛鳥が落ち着いてきたところでコホンと咳払《せきばら》いして流れをきる。ひとまずはゆいに名護の

ことを紹介しないとだ。

「ゆい。こいつは中学の時からの友達で名護。無愛想だけど悪いやつじゃないから、仲良くしてやってくれ」

「名護輝明だ。今後よろしくたのむ」

……抑揚の少ない声は少し威圧感を覚えてしまう。それに慣れていないゆいは途端に不安そうな顔になった。

「え……と、あの……、よろしく、お願いします」

「僕達は同級生だ、別にかしこまることはない」

「は、はい……」

そこで会話が途切れてしまった。人見知りのゆいと無愛想な名護。まったく話が弾まない。

ただ、そこは優真の想定の範囲内だった。

「ゆい。さっきチャットグループに名護も入っただろ。そっちで話さないか？」

「え……う、うん」

ゆいは名護の様子をうかがいながら、おそるおそるスマホを操作する。

それに合わせて名護もチャット画面を開く。名護は無愛想ではあるが、こういうところは空気を読んでくれるやつだ。

程なくして『よろしくお願いいたします』とゆいからのメッセージがチャット欄に表示され

る。

怖がっているのかチャットでも敬語になっている。飛鳥はゆいのスマホを横から覗いていた。

『よろしくたのむ』

『名護はアニメ関連ならだいたい何でも話せるから、ゆいともけっこう話合うと思うぞ』

そうチャットしつつ、ゆいにアイコンタクトで何か話してみるように促してみる。

ゆいはおっかなびっくりな様子で、ちらちら名護の様子をうかがいながら文字を打つ。

『名護くんはどんなアニメがお好きなんです?』

『そうだな』

名護は手を口元にやって、まるで学者が難問でも解いているかのような真剣な表情で考え込む。そして――

『今期アニメで五つあげるなら、ゾンパロ。ワンダーヘイヴン。リクダン。それにろりキャンとまにもにもふもふは外せないな』

「ふえ?」

ゆいが間抜けな声を上げた。

ちなみに名護があげたろりキャンはロリっ子達がキャンプをする日常アニメ。まにもにもふもふはケモ耳少女達の交流を描いた百合アニメである。……どちらも真面目でお堅そうな名護に似合わないことこの上ない。

『ろりキャンとまにもにもふもふ、見てるんですか？』

『ああ。特にまにもにもふもふのキツネ娘、柊《ひいらぎ》先生は今期アニメの中で僕の最推しキャラだ。基本的にしっかりしているのに肝心なところで抜けている……かと思わせておいてちゃんとお姉さんなキャラづけが個人的にツボだ。そして何より尻尾《しっぽ》のもふもふ感が素晴らしい。見ているだけで顔を埋めたくなるあの作画は神がかっている』

ゆいは目をパチクリさせつつスマホと名護を交互に見る。『今チャットしてる相手この人だよね？』と確認するように優真の方を見たので小さく頷いた。

『柊先生いいですよね。わたしの推しは猫娘のまゆちゃんかな。小さい身体をいっぱいに使って遊び回ってるところ、すっごくかわいかったです。それで疲れて柊先生の尻尾を抱き枕《まくら》にして寝ちゃってるのとかもう尊くて尊くて』

『わかる。僕もあのシーンはやばかった』

『ちなみに、名護はグランドゲートもやってるぞ』

優真が横からそう言うと、ピクンとゆいが反応した。少し前まで警戒していたのが一気に『仲間を見つけた』という感じになって、興味津々な様子でそわそわしだす。

『名護くんのご職業は？』

『重砲手だ。とはいえ、僕はいわゆるライトユーザーなのでそこまで強いわけではないがな』

『大丈夫ですプレイスタイルは人それぞれですから。大艦巨砲主義いいですよね。レベルどれくらいですか？　よかったら今度みんなで冒険行きません？』

——と、そうやって二人がチャットで盛り上がっていると横から見ていた飛鳥が不満そうにほっぺたを膨らませた。

「なになに二人ともなんか盛り上がってるやん。ゆいちゃんずるいー、うちも交ぜてー？」

「う、うん。え、えっと、ユーマ、招待って、していい？」

「ああもちろん。招待の仕方わかるか？」

「あ……えと……」

「ゆいちゃんゆいちゃん、ここ。ここタップ。うん、そうそう、オッケー。んへへー、これからよろしくなー♪」

「ん。よ、よろしくね……めぐちゃん」

「やーん♪　ゆいちゃんがめぐちゃんって呼んでくれたー♪」

名前で呼んでもらえた飛鳥はご満悦だ。嬉しそうにゆいをハグしている。

一方の名護は相変わらずの仏頂面で新たにグループに加わった飛鳥の名前を見ていた。

「入ったはいいが、ゲームとかアニメの話はわかるのか？　一応このグループはそういう場所らしいが」

「え？　あ～……アニメは鬼神の刃とか、そういうのやったら見たことあるよ？　ゲームは弟達とモリオパーティーとかやってる」

「ふむ。なるほど……」

「まあこれから俺達で沼に引きずり込んでやろうってことで。とりあえずゆい、女子視点から見て最初はどんな作品から入ればいいと思う？」

「えう？　あ……んと……アニメなら空の彼方とか、どうかな？　今、ニヨニヨ動画で全話配信やってるから……」

「それ見てきたらいいん？　わかった、そんじゃ今度の土日に見とくなー♪」

――不思議な気分だった。

少し前までコミュ障で、自分とすらろくに話せなかったゆいがこうして出会ったばかりの飛鳥や名護と仲良くなって親しげに話している。

そして、ゆいのコミュ障が改善したきっかけは自分なのだろう。そう思うと誇らしいような、けれど少しだけ寂しいような。

（なんか本当に、巣立ちを見守る親鳥みたいな感じだな）

ちょっと苦笑いして、優真も三人のアニメ談義に加わった。

†

学校が終わった後。帰りの駅。

「僕達の電車はあちらのホームだからここまでだな」

「ゆいちゃん、杉崎くん、また明日な～」

「う、うん。ばいばい」

「じゃあな～」

そう手を振り合って、名護と飛鳥と別れた。

人混みの中に消えていく二人を見送って、ゆいはほっと息を吐く。

「疲れたか？」

「ん……特に最後のスポーツテスト、あれだけ身体動かしたの久しぶりだから……明日筋肉痛になりそう……」

「スポーツテストと言えば、お前めちゃくちゃ身体柔らかいんだな」

「見てたの？」

「あ、いや、飛鳥って声でかいだろ？『ゆいちゃんめっちゃ柔らかいやんちゃんと骨入ってる⁉』って騒いでるのが聞こえたから」

……実際のところは体操服にポニーテールというゆいの格好が新鮮でつい目で追ってしまっていたのだが、それは内緒だ。

「ん、長座体前屈だけよかった。……他は散々だったけど」

ゆいはほんのりと頬を染める。……たぶんハンドボール投げで目の前の地面にボールを叩きつけてしまったのを思い出しているんだろう。

「まあそこは身体弱いんだし仕方ないだろ」

「んー、そうなんだけど、こうやって数値に出るとやっぱり少しくらいは鍛えた方がいいのかなって。あ、けどめぐちゃんはすごかったよ？　持久走とか男の子と一緒に走ってたのにずっと前の方だったし」

そうやって話すゆいの声はいつもより弾んでいる。

「……楽しかったか？」

「うん♪」

ゆいは笑顔で頷いてくれた。その笑顔を見ているとこっちまで幸せな気持ちになる。

ホームまで行き、少し待つと電車が来た。

まだ半日授業で、学校が昼で終わったこともあって人はまばらだ。空いていた席に二人で並んで腰を下ろす。

「……なんかね。時々、今見てるのが全部夢なんじゃないかって不安になることがあるんだ」

電車に揺られながら、ゆいは呟《つぶや》くようにそんなことを言った。

「夢？」

「ん……。だってわたしつい最近までコミュ障で、家族以外とほとんど話せなくて、それで何年も引きこもってたんだよ？　それがユーマと出会って、親友になれて、コンプレックスとかコミュ障もだいぶマシになって。それで今度は学校に通えて新しい友達までできて……うまくいきすぎてて、全部都合のいい夢なんじゃないかって。目が覚めたらまた全部元に戻ってるんじゃないかって」

……たぶんゆいは、こういう幸せに慣れていないのだろう。今までとまったく違う環境になって現実感が持てないというのもあるかもしれない。

「大丈夫。俺はずっと一緒にいるから」

そう言うと、ゆいは幸せそうに笑ってくれた。

「ん。ずっとずっと、一緒にいてね」

「ああ」

そう返事する。……が、少しするとちょっと恥ずかしくなってきた。

——今の、見方によっては告白も同然なのでは？

ゆいと一緒にいると無意識のうちに格好つけてしまっているのか、つい普段ならやらないようなことをしたり言わないようなことまで言ってしまったりする。

……けど、ゆいはそれを喜んでくれている。自分とずっと一緒がいいと思ってくれている。

それは友達としてなのか、それとも少しくらいは、そういう……。

――と、ゆいが優真の方に寄りかかって、コトンと肩に頭を乗せてきた。

「ゆ、ゆい？」

「…………」

「…………ゆい？」

ゆいはすぅ……すぅ……と寝息を立てていた。疲れていたようだし眠ってしまったのだろう。

起こそうかなとも思ったが、そのままにしておくことにした。

疲れてるのなら休ませてあげたいし……正直、この甘やかな時間が捨てがたい。

肩にかかる重さも、体温も、何もかもが愛《いと》おしい。

優真は肺に溜《た》まった空気をホーッと吐き出す。

……今が夢みたいだというなら、それは優真も同じだ。

好きな女の子と登下校して、手を繋《つな》いだりもして、今もこうして自分に寄りかかって眠ってくれるくらい信頼してくれている。

正直に言って恥ずかしかったけれど、それ以上にゆいとこうしているのが幸せだ。

ゆいを起こさないように気をつけながら、優真は駅に着くまでその一時を堪能した。

すー…っ
すー…っ

◆四話◆　歓迎会とすれ違い

「あらためて語るけど空の彼方めっっっちゃよかった！　感動した！　もう最後涙で前見えんかった！」

入学式の翌週のお昼休み。飛鳥《あすか》はまだ興奮が冷めやらないのか、そんなことを言ってきた。

土日を使ってゆいがおすすめしていたアニメを一気に全話見たようなのだが、相当刺さったらしい。学校で顔を合わすなり半泣きでゆいに抱きついてちょっと周りがざわざわしていた。

「ん……気に入ってもらえて、うれしい……」

「ようこそアニメ沼へ」

「仲間が増えて何よりだ」

――オタク界隈《かいわい》では、特定のコンテンツにハマることを沼にハマると表現することがある。足を踏み入れてしまったが最後、いつの間にかずぶずぶ沈んでいって抜け出せなくなる。そして周りの人間も沈めようと、様々な言葉で誘い込むようになるのだ。……こう言うと妖怪《ようかい》か何かみたいだ。

何はともあれ、共通の話で盛り上がれるのは楽しいものだ。机をくっつけて大きなテーブルのようにして、そこにそれぞれの昼食を広げながらアニメの感想を言い合う。

「あ、やけど最後だけちょっとわからんかったねんけどな？　主人公って最後生き残ったん？

それとも死んでもうたん？」

「あそこはあえてぼかされてるところだな。名護《なご》はどう思う？」

「それを他人が語るのは野暮《やぼ》というものだろう。それぞれにそれぞれの解釈がある」

名護の言葉にゆいもコクコク頷《うなず》いている。

こうやって多人数でアニメの話をするなんてなかなかなかったことだろう。ほっぺたをリンゴ色にして楽しそうにしている。

「……友達増えてよかったな」

「……うん♪」

小さく声をかけると、ゆいは幸せそうに笑ってくれた。頭を撫《な》でたいのを我慢するのが大変だった。

「あ、そやそや。話変わるけど三人とも……えー、グランドゲート？っていうゲームやってるんやんね？　面白《おもしろ》いん？」

「そうだな。今の国産MMORPGでは一強と言っていいだろう」

「えむえむ……？　そのなんかはよくわからんけど、面白いんやったらうちもやってみようかなーって。みんなと話せるようになりたいし。スマホでもできるんやんね？」

その言葉にゆいが反応した。期待するようにそわそわしだす。

ゆいはこの中ではおそらく一番のゲームオタクだ。仲間ができそうなのが嬉《うれ》しいのだろう。

そんなゆいの姿に優真《ゆうま》も飛鳥も微笑ましそうに目を細める。

一方の名護は相変わらずの仏頂面で「少しスマホを見せてくれ」と飛鳥からスマホを受け取り対応機種かを調べ始める。

「ふむ……。やや重いが簡易設定にしておけば問題なく動くだろう。ただストレージがギリギリだからいらないデータは消しておけ。あとそれなりに通信量があるので最初にＷｉ‐Ｆｉがある環境で一括ダウンロードするのをおすすめする」

「……え？　日本語で言って？」

「全部日本語だ」

おそらくはそういうのに弱いのだろう。飛鳥は「うへえ」と引きつった笑顔を浮かべている。

名護は小さくため息をついた。

「仕方ない。わからないなら今度僕が教えてやる」

「え、いいん？」

「無論だ。話ができる相手が増えるのは僕としても好ましいし、布教活動は業界への恩返しにもなる」

「うん。……それやったらさ」

飛鳥は珍しく恥ずかしそうに、もじもじと肩を揺らした。

「こ、今度のお休みの日。な、名護くんのお家、遊びに行っていい？」

——優真は心の中で『おお⁉』と小さく声を上げた。

「僕の家？」

「う、うん！　いやほら、いつもみたいに学校とか外やとなんか落ち着かんやん。やから名護くんの家でじっくり教えてほしいなーって」

「……ふむ」

「そ、それに、うちら付き合ってそこそこ経《た》つけど、まだお互いの家って行ったことないやん？　そろそろどうかなーって……あかん？」

飛鳥は日頃《ひごろ》から名護への好意を隠そうとしないがこういうアプローチは優真の知る限り初めてだ。他人のことなのにドキドキしてしまう。ゆいも固唾《かたず》を呑《の》んで見守っている。

「いいぞ」

「ほんまに⁉」

「ああ、それで杉崎《すぎさき》と上城《かみしろ》さんはいつ頃なら空いている？」

「え」

飛鳥の目が点になった。

「二人も誘うん？」

「当然だろう」

「う、うち……名護くんと二人きりがいいな～、なんて」

「申し訳ないが、男女が家で二人きりというのはあまりよろしくないだろう」

「…………よろしくないことになってもいいのに」

「何か言ったか？」

「何でもない！　何でもな～い～！」

飛鳥はそう言うとすねたようにほっぺたを膨らませてしまった。

「えと……め、めぐちゃん。元気出して……？」

「はあ……ゆいちゃんは優しいなぁ。……いっそ名護くんからゆいちゃんに乗り換えちゃおっかな～？」

「え⁉　あの、えと……」

「あはは♪　冗談やからそんなキョドらんでええよ～。は～、ゆいちゃんかわいいわ～。ほら、おいでおいで～♪」

飛鳥はゆいを自分の膝《ひざ》に座らせた。そのままぬいぐるみでも抱きしめるようにギューッとする。

こういうスキンシップに慣れていないゆいは顔を赤くして固くなっていた。

「そうや。みんなで遊ぶんやったらさ、ゆいちゃんの歓迎会ってことにせえへん？」

「ほら、うちと名護くん、杉崎くんは中学からの知り合いやけどゆいちゃんは高校からやん。新しい仲間ってことで、ゆいちゃんの歓迎会」

「歓迎会?」

「い、いいよめぐちゃん。か、歓迎会とかそんな気をつかってくれなくても……」

「別に気はつかってへんよ? ぶっちゃけ歓迎会って口実でみんなと騒ぎたいだけやから気にせんといて~。で、どう? 歓迎会。みんな予定とか空いてる?」

その後四人で打ち合わせて、今度の土曜日に名護の家で歓迎会が開かれることになった。

†

そして土曜日のお昼過ぎ。優真とゆいは名護の家に行く前に近くのスーパーに来ていた。

目的はみんなで食べるお菓子やジュースだ。歓迎会と言ってもその辺はささやかなもので、みんなで持ち寄る形になっている。

「人多いけど、大丈夫そうか?」

「ん。だいじょうぶ」

特に我慢している様子もなく、ゆいは二つ返事でそう答えた。

早速お菓子売り場に行き、優真がカートを押してゆいがちょこちょこ動き回ってよさそうなお菓子をかごに入れていく。

……ゆいに好奇の視線を向ける人も一定数いる。そこは以前と変わらない。

変わったのはゆいの方だ。

「だって今のわたし、すごく幸せだもん」

そのことを話すと、ゆいはくすりと笑ってそう答えた。

「学校楽しくて、友達もできて、これから友達の家で歓迎会してもらえて……だから本当に、ぜんぜん平気。言い方は悪いけど、どうでもいいって思う」

その言葉に優真も笑みをこぼした。

「いい感じに図太くなったな」

「えへへ、でも全部ユーマのおかげだよ？　すごく……すっごく感謝してるから。またいつかお礼、させてね？」

「お前ってそういうお礼とかやたら気にするよな。本当にそんな気にしなくていいんだぞ？」

「ううん。わたしがお礼したいだけだし……もっと、ユーマと一緒にいたいから……」

「……っ」

思わずゆいの方を見ると、ゆいは頰《ほお》を染めて下を向いてしまっていた。

けれども小さな手はちょんと、優真の袖《そで》をつまんでいる。

以前はもっとべったりくっついてきて正直困ってしまっていたが、これはこれで焦《じ》れったいような、焦らされるような、そんなむず痒《がゆ》い感覚がある。

——と、そんな時だ。正面から歩いてきた……おそらくは女子大生だろうか？　それくらいの女性二人が、すれ違う時にこちらに視線を向けていた。

すれ違って数秒後、後ろからその二人がキャーキャー楽しそうに話す声が聞こえてくる。

「ねえねえ、今の見た？」

「見た見た」

優真は『またゆいの髪のことか』と眉《まゆ》を寄せる。だが聞こえてきたのはまったく別の内容だった。

「さっきのカップル、高校生くらいかな？」

「初々しくてかわいいよね～」

そんな声が聞こえて頬が熱を持つのを感じた。ゆいも顔を赤くしてパッと離れてしまった。

「ジュ、ジュース取ってくるね」

そして、まるで恥ずかしいのをごまかすようにパタパタと優真から離れていく。飲み物が置いてあるエリアまで行くと胸に手を当てて、気持ちを落ち着かせるようにホーッと息をついている。

……そんな姿を見ていると、つい期待してしまいそうになる。

以前は友達としては好かれていても異性としては見られていなかった。なにせ男である自分を家に泊めるくらいだ。

けど今は、少しは変わった気がする。少なくとも異性であるということは意識してくれていると思う。

「ユーマ、これでいいかな?」

「ああ、ありがとな」

二リットルのジュースを抱えて戻ってきたゆいからジュースを受け取り、かごに入れる。

……ふと、ゆいの頭を撫でたいなと思った。

以前はもっと気軽に撫でていたと思うが、ここ最近は撫でていない。撫でてやるとゆいが喜んでくれると知っているのに、つい気恥ずかしくてできなくなっていた。

久しぶりに……と、そっと手を伸ばす。

するとゆいも優真が頭を撫でようとしているのに気がついたようだ。頰を染めながらも軽くこちらに頭を傾《かし》げる。

……だが優真は、途中で手を止めてしまった。

「……これくらいでいいだろ。レジ行くぞ」

「え?　あ、うん……」

ゆいが『撫でてくれないの?』と言いたげな目でこちらを見ていたが気づかないふりをした。

我ながら情けないなと、優真は小さくため息をついた。

その後、二人で電車に乗って数駅。名護の家の最寄り駅で降りた。

「あ、来た来た。ゆいちゃーん、杉崎くーん」

駅を出ると名護と飛鳥が待っていた。名護の家に行くのは初めてなので駅まで迎えに来てもらったのだ。

「へー、ゆいちゃん私服そんな感じやねんやー。ええやんええやん。かわいいやん」

「あ、ありがと。めぐちゃんもかわいい、よ?」

「んへへ～ありがと～♪　ゆいちゃんはええ子やな～」

飛鳥は嬉しそうにゆいの頭を撫でる。

――飛鳥はつばつきの帽子にシャツとショートパンツという格好だ。ボーイッシュな服装はシンプルながらも飛鳥の快活《かいかつ》さもあってよく似合っている。……惜しげもなく晒《さら》された生足のせいで、少し目のやり場に困ってしまうが。

「名護くんとか全然褒めてくれへんねんで。そんな悪ないと思うねんけどな～」

「僕としては似合う似合わない以前に寒そうだという感想が先に来る。……実際そんなに薄着で寒くないのか？　今日は少し肌寒いと感じるが」

「……実はちょっと寒い。やけどほら、おしゃれには我慢が必要って言うし？」

名護は『やれやれ』と言わんばかりにため息をついた。そしておもむろに着ていた上着を脱ぐと、それを飛鳥の肩にかける。

「これでも羽織《はお》っておけ。風邪でも引かれたら寝覚めが悪い」

「～～っ！　名護くんそれ！　さりげなく自分の上着を彼女の肩にかけるとかめっちゃキュンってなるやつやん⁉　そういうのが欲しかった！」

「まったく。とにかく今度からはせめてストッキングでも穿《は》いてこい」

「え～、やけど現役《げんえき》女子高生の生足やで？　男子ってこういうのが好きなんちゃうん？」

「僕は生足よりもストッキング派だ」

「わかった次からそうする。夏でもストッキングで来る」

そんな漫才のようなやりとりを、優真は苦笑いしながら見ていた。

（なんだかんだ仲いいよなこの二人）

もしかしたら、この二人みたいな関係が自分の理想なのかもしれない。

友達のような距離感で、お互いに自然体で、それでいて恋人同士。正直に言ってちょっとうらやましい。

――その時だ。ゆいも、風が吹いた時に少し寒そうに身体を縮こまらせたことに気づいた。

「……ゆい。寒いのか？」

「え？　あ、ん……ちょっとだけ」

「…………」

……どうするか、一瞬迷ってしまった。名護のようにスマートにやるにはほど遠い。それでもどうにか行動に移した。

上着を脱いで、押しつけるようにゆいに渡す。ゆいは少し戸惑ったように突き出された上着と優真の顔を交互に見ていた。

「お前もこれ、羽織っとけ」

「だ、だいじょうぶだよ？　ちょっと肌寒いだけでこれくらい……」

「いいから。身体弱いんだし、風邪でも引いたら大変だろ」

「……ん」

ゆいは遠慮がちに優真の上着を羽織った。……小柄なゆいに対し、男物の上着はサイズが合わず羽織っているだけだとずり落ちそうだ。

「……ユーマ、カバン持ってて？」

「……おう」

ゆいは優真にカバンを渡すといそいそと上着に袖を通す。案の定ぶかぶかで、ずいぶんと袖が余ってしまった。

「ふふ、ぶかぶか……♪」

けれどゆいは嬉しそうに、柔らかく表情を崩す。

一方の優真はそれどころではなかった。これ、思っていたよりも数段恥ずかしい。少し肌寒いのが火照《ほて》った頬を冷ますのにちょうどよかった。

「……名護、お前すごいな」

「何がだ？」

「……なんでもない」


何はともあれ、四人で名護の家に向かった……が。

「でっか⁉　ここ⁉　名護くんの家ってこれなん⁉」

名護の家は和風建築のお屋敷だった。遠目に見て『あんな家に住んでる人ってどんな人なんだろう』と思っていたら『ここが僕の家だ』と言われてびっくりした。

「え？　名護くんってもしかしてめっちゃお金持ちなん？」

「……まあ裕福ではあるだろう」

「名護くん♡　うちのことお嫁さんにして♡」

「最初からそのつもりだが」

「…………へ？」

「む？　……僕は軽い気持ちで付き合ったわけではない。男女交際するからには結婚を前提にと考えていたが、駄目だったか？」

　たちまち飛鳥の顔がまっ赤になった。さっきまで元気だったのが一瞬でしおらしくなって
「あ、いえ、はい……よろしくお願いします……」と小さな声で呟《つぶや》くのが聞こえた。

「……名護、お前ホントすごいな」

「何がだ？」

「いや、うん。ホントすごいわ」


　何はともあれ家に上がり、客間に通された。内装も立派で、旅館か何かのような風情《ふぜい》だった。

　畳の上に座布団を敷いて座り、丸テーブルに各自で持ち寄ったお菓子やジュースを並べる。

　そうしているとちょうどいいタイミングで名護が注文していた大きなピザが届いた。

　あっという間に丸テーブルが埋まり、それなりにパーティーっぽい感じになる。

「こんな旅館みたいな家でピザっていうのもなんか変な感じだな」

「ええやんええやん、うちピザ好きやし。ほなもう食べよっか？　ゆいちゃんも遠慮せんと食べや～？」

「ん……。あ、いろんなトッピングがあるんだね」

　名護が注文したのは一枚のピザに四種類、別々のトッピングがされたタイプのものだった。

「好きなの選べよ？　お前の歓迎会なんだし」

「ん」

ゆいはいそいそと座布団の上で膝立ちになって、少し迷った末にチーズのたっぷりトッピングされた一切れを慎重に持ち上げた。

とろりと伸びるチーズに目を輝かせながら、物珍しそうにピザの上にのった焦げ目《こめ》のついたチーズやサラミを眺めている。

「……もしかしてピザ食べるのも初めてか？」

「んと、ピザトーストとか小さいのは食べたことあるけど、こういう本格的なのは初めて」

「お～、ゆいちゃんピザ初体験なん？　ふへへ～、それやったら飲み物はこのコーラにするんやで～？　悪魔の組み合わせやで～？」

「太るぞ？」

「やめて名護くん女の子に太るは禁句やで⁉　女の子は日々美味《おい》しいものの誘惑と体重計と戦ってるんやで⁉」

「わたし、いくら食べても体重増えないけど……」

「うえ～んゆいちゃんに裏切られた～」

泣きまねしている飛鳥にクスクス笑いながら、ゆいは小さな口を大きく開いてパクリとピザにかぶりついた。

みょ～んと伸びるチーズに目を細め、美味しそうに口をもぐもぐ動かす。そんな仕草が無性にかわいくて、つい目元が緩《ゆる》んでしまうのを感じた。

……しばらくゆいが食べている姿を眺めていたかったが、流石《さすが》にそういうわけにもいかない。

優真も少し迷ってベーコンがたっぷりとトッピングされたものを選んだ。名護と飛鳥も自分の分を取る――と。

「なあなあ、名護くん名護くん、食べさせ合いっこしよー？」

「飛鳥。何度も言っているが人前でそういう……ってこら」

パクリと、飛鳥は名護が持っていたピザにかぶりついて食べてしまった。いたずらに成功した子どものような顔で、飛鳥はもぐもぐ口を動かす。

「行儀が悪いぞ」

「ええやんええやん。ほら名護くんも、あ～ん」

そうやって差し出されたピザを名護は仕方なさそうに……だがまんざらでもなさそうに一口。

そしてその後に飛鳥も、名護が食べたところを一口。

「んへへ～♪　間接キスやね～♪」

「ピザでは風情も何もないがな」

……当たり前のようにそんなことをやってのけた二人に、優真もゆいも頬を染めていた。

恋人同士なのだから当人にとっては特別なことでもないのかもしれないが、こういうのは見ている方が恥ずかしかったりする。

――と、ゆいがチラチラと優真の持っているピザに視線を送っていることに気づいた。

「……食べたいのか？」

「え、あ、その…………んと、ユーマのも、おいしそうだなって……」

「……食べるか？」

「…………っ」

ゆいの顔はまっ赤になってしまった。けれどもこっくりと、首を縦に振る。

そんなゆいに対して優真は……残りのピザから同じトッピングのものを取って、ゆいの取り皿にのせてやった。

「……ありがと」

ゆいの声にどことなく残念そうな響きがあったが、そのことは深く考えないようにした。


ある程度ピザやお菓子を楽しんだ後、飛鳥のゲームの話になった。

名護が飛鳥のスマホの設定をあれこれ調整し終えると、さっそくグランドゲートをインストールしてゲームを開始する。

「どんな職業をやりたいとかはあるか？」

名護がそう聞くと飛鳥は「んー」と首をひねる。

「初めてやからよくわからんけど、ざくざく斬《き》りたい」

「では暗殺者をおすすめする。後ろから斬りかかった時に短時間相手の動きを止めるスキルがあるのだが、そこからのラッシュは非常に気持ちいい。それに隠密《おんみつ》スキルもあるので初心者でも死ににくい」

「う、うん？　なんかようわからんけどじゃあそれでいくな。えーと、キャラ作成はこれでええんやんね？　じゃあゲームスタートっと」

オープニングムービーやチュートリアルをこなすのを、残りの三人が横から覗《のぞ》き込む。

小さなスマートフォンの画面を覗き込む形になるので、当然顔が近くに寄る。……名護の顔が近くに寄ってきて、流石の飛鳥も少し顔を赤くしていた。

（……なんというか飛鳥って、自分から攻める分には強いけど攻められると弱いんだな）

普段から名護へグイグイ行っている飛鳥が照れるのを見るのは、ちょっと楽しいかもしれない。

ほんのちょっぴりネネの気持ちを理解しつつ、ちょくちょく三人でアドバイスを入れながらチュートリアルを終えた。

「これでもうみんなと合流できるんやんな？　みんなどこー？」

「僕達は三人ともギルドを出たところに集まっている」

「シュヴァルツっていうでっかい鎧《よろい》のやつがいるからそれが目印な」

「えーっと、シュヴァルツ、シュヴァルツ……あ、いた」

優真が自分のスマホに視線を移すと、『ユーマ』たち三人の冒険者のところに『アスカ』という名前のいかにも駆け出しな初期装備の冒険者が駆け寄ってくる。

「なんかこうやってゲームの中のみんな見てると変な感じやなー。えっと、『ユーマ』が杉崎くんやな。わかりやすい。そんででっかい鎧着ててなんかめっちゃ強そうな『シュヴァルツ』が名護くんで、巫女《みこ》さんの格好しててキツネの耳と尻尾《しっぽ》生えてる『タマモ』がゆいちゃんやんな？」

「違う。僕がタマモだ」

「え？」

「僕がタマモだ」

「え」

飛鳥が目をパチクリさせる。

画面の中にいる『タマモ』はいわゆるキツネ巫女のかわいい女の子だ。尻尾をパタパタさせる待機モーションが実にかわいらしい。……そして物静かでお堅そうな名護に似合わないことこの上ない。

「えっと……名護くんが、タマモちゃん？　へ、へ〜。お、女の子使ってるんや〜」

「オンラインゲームは何百時間もやることになるんだ。ならば男の尻《しり》を眺めているよりはキツネ娘の尻尾がパタパタ揺れているのを眺めている方が何倍もいい。偉い人もそう言っている」

「な、なるほど～？」

流石の飛鳥も笑顔が少々引きつっている。が、少しすると何かに気づいて、パチリと目を瞬かせた。

「名護くん、ちゃんと女の子に興味あるんや？」

「お前は僕を何だと思ってるんだ」

「いや、いつも仏頂面やし、てっきり女の子に興味ないんやと思ってた」

「興味がなかったらお前と付き合うわけがないだろう」

「ふ～ん、そうなんや～。名護くんもちゃんと男の子やねんな～♪」

その言葉に飛鳥はニマニマしている。名護は普段まったく女子に興味を示すそぶりを見せないので意外な一面を面白がっているのだろう。

「なあなあ、ちなみに名護くんはどんなタイプの女の子が好きなん？」

「そうだな……」

名護は少し考える。

「まず明るい子が好きだな。受け身なタイプよりも積極的な方が好きだ」

飛鳥は少し考えた後、嬉しそうにコクコク頷く。

「うんうん、それでそれで？」

「髪は短めな方が好きだな。昔は長髪が好きだったが最近短髪の魅力に気づいた」

飛鳥は自分の髪に触れ「えへへ～♪」と機嫌よく笑っている。

「それからそれから？」

「あとはケモノ耳と尻尾。これは絶対外せないな」

「え」

飛鳥は名護の顔とスマホに映っているタマモを交互に見比べる。

画面の中ではキツネ巫女でショートヘアなタマモが元気にダンス（待機モーション）を踊っている。

「今のこの子の話？」

「うむ。この子の話だ」

「うえ～ん、ゆいちゃん～、名護くんが浮気《うわき》してる～」

そう言って泣きまねをして、飛鳥はゆいに抱きついた。一方のゆいはどうしていいかわからず、とりあえず飛鳥の頭を撫でて慰めていた。

そんなこんなあったが、さっそく四人で冒険に出ることにした。

しばらく雑魚《ざこ》モンスターで操作法や基本テクニックを覚えさせ、慣れてきたところで飛鳥を序盤のボスのところに連れていく。

今回挑むのは『ロックコング』。攻撃力は低いものの攻撃パターンが多彩で、初心者の練習に最適なことから『コング先生』の愛称で親しまれているボスだ。

ちなみに優真とゆいのレベルだと序盤のボスなど軽くワンパンできてしまうので大幅に攻撃力が下がる装備をわざわざ持ってきた。

「めぐちゃん、わたしがヘイト取ってるから、ボスの後ろから攻撃してね？」

「ヘイトって？」

「えと、敵の注意、かな？　ボスはだいたいいつもわたしの方狙《ねら》ってくるからこう、ぐるっと回り込む感じで……」

「オッケー。ほなやるなー」

「あ、待って、その予備動作の時は近づいたら……」

「きゃー!?　なんか体力ゴリッて減ったー!?」

「に、逃げて！　今回復するから……！　ユーマ、名護くん、周りの雑魚倒してて！　ボスはめぐちゃんに倒してもらうから！」

「おう、任せろー」

「わかった」

ゆいはゲーム中だとよく喋《しゃべ》る方だが、こうやって周りに指示を出している姿を見るのはなんだか不思議な気分だ。

画面の中ではアスカが何度もボスに向かっていっては吹っ飛ばされ、そのたびにシュヴァルツが体力を回復している。

ちなみにボスの攻撃がシュヴァルツの方にも飛んでくるがゆいは回避しようとすらしない。当たっても体力ゲージが一ミリくらいしか減らなくて、それも自動回復で勝手に回復している。

「なんなんゆいちゃん強すぎへん⁉　うちもそれやりたい！」

「レベル上げて装備揃《そろ》えたらできるようになるから。それより敵の動き、よく見て。範囲攻撃の予備動作中は近づいちゃダメ。それにスキルのクールタイム中は火力一気に下がるから回避優先。あとスキルばっかりじゃなくて通常攻撃もうまく絡《から》めて……」

「待って待って一気に言わんといて⁉　というかゆいちゃんちょっとキャラ違わへん⁉　なんかスポ根的なキャー⁉」

何度も何度も吹っ飛ばされながらも、飛鳥はどうにかボスを倒すことができた。

「あ〜、やっと倒せた〜♪」

飛鳥はそう言って気持ちいい笑顔を浮かべている。

一方のゆいはどこか恥ずかしそうだった。

「……ごめんなさい。ちょっと、えらそうなこと言ってたかも……」

「ん？　ええってええって。むしろああいうゆいちゃんも好きやで？　それよりうち、なんかこのゲーム好きになってきた気がする。もっと他のボス行かへん？」

「ほんと？　じゃ、じゃあさっきコング先生倒した時の素材で武器作って、えと、次は火山洞窟《どうくつ》とかで……」

ゆいはウキウキした様子で計画を立て、飛鳥を次の冒険に連れていく。

普段は優真と一緒に難関クエストに挑んでいるゆいだが、こういう楽しみは初めてだろう。

優真は目を細めてその様子を見守った。


それからさらに二体のボスを倒した頃、流石に疲れたのか飛鳥はゴロンと畳に倒れ込んだ。

「ふは～、ちょっと休憩しよ～？」

飛鳥はそう言って起き上がると机の上に置いてあったコーラをコップに注《そそ》ぎ、グビグビ飲みだした。

プハアッ！とそのままＣＭにでも使えそうな飲みっぷりを見ているとこちらまで飲みたくなってくる。

「そうだな。小休止するとしよう。流石に根を詰めすぎた」

名護の言葉に時計を見ると、いつの間にかゲームを始めて二時間も経っていた。

「うわ、もうこんな経ってたのか」

「楽しい時間はあっという間っていうけどホンマやね～」

その言葉にゆいがピクンと反応した。目を丸くして飛鳥を見つめ、そして嬉しそうにへにゃりと表情を崩す。

「ん？　ゆいちゃんどないしたん？」

「ううん。なんでもない」

たぶん、飛鳥が楽しいと言ってくれたのが嬉しいんだろう。

「よかったな」と小さな声で言うと「うん♪」と返事が来る。ニコニコと嬉しそうにしてるのがかわいくて、愛《いと》おしかった。

半分無意識に手が伸びた。ゆいの頭に手を乗せ、軽く撫でる。

「ん……。えへへ、ユーマに頭撫でてもらうの、久しぶりだね」

「そ、そうだな」

……やってしまった。

こちらを見ている飛鳥が目をパチクリさせている。そしてニマニマと笑みを浮かべ始めた。

かなりやらかした感はあるがここまで来たらもうどうにでもなれと、そのまま撫で続ける。

そうしていると、今度は飛鳥の方がそわそわしだした。

おもむろに立ち上がると名護の方に行き、あぐらをかいて座っていた名護の足の上に腰を下ろす。

「……重いんだが」

「もー、彼女が足の上に座ってその反応はないんちゃう？」

飛鳥はぷうっとほっぺたを膨らませる。名護は少し困ったように眉を寄せた。

「……女子があまりそういう風にベタベタくっつくのはよくないと思うのだが」

「いいやん恋人同士やねんしちょっとくらい。いやさ、杉崎くんとゆいちゃん見てたらうらやましくなったというか……名護くんと付き合えてこうやって一緒にいられるようになったんは嬉しいんやけどさ、あんまりそっから進展してへんやん？　胸押しつけてみたりしても全然無反応やし」

「お前あれやっぱりわざとやっていたのか」

「うちだってそれなりに恥ずかしいねんで？　やけど寂《さび》しいやん。せっかく恋人になれたねんからもうちょっと……ふみゃっ⁉」

突然、飛鳥がかわいらしい声を上げた。……名護が飛鳥を後ろから抱きしめたのだ。そのままギュゥ、と抱きしめる腕に力を込める。

「ちょ、ちょちょちょっ、名護くんっ⁉」

飛鳥は完全にテンパっていた。

そんな飛鳥の耳元で、名護がささやきかける。

「寂しい思いをさせていたならすまなかった。僕も恋人は初めてだ。至らぬ点があるのは許してほしい」

「う、うんっ」

「だがこちらからも一つ言っておくが、僕も男だ。男として女性に抱く欲求は普通にある」

その言葉に飛鳥の顔がまっ赤になった。

「なのにお前があまりにグイグイ来るから、こちらも距離を置かざるを得なかった。その辺は理解してほしい」

「ご、ごめん！」

「まあ確かにこれまで対話が足りなかったのは確かだ。今後はちゃんと話し合って……」

「わ、わかったからそろそろ離して⁉　限界やから！　いくらうちでも恥ずかしいもんは恥ずかしいから！」

「………」

「いやなんでこういう時だけ離してくれへんの⁉」

「今まで寂しい思いをさせた分を埋め合わせしようかと」

「き、気持ちは嬉しいけどせめて二人きりの時にして〜！」

名護の足の上で暴《あば》れる飛鳥。そうやって友達がイチャついてるのを見るのは少し居心地が悪いと同時に……正直、ものすごくうらやましい。

自分もあんな風に恋人と……ゆいとイチャイチャできたら。ついそんなことを考えてしまって、チラリとゆいの方を見た。

するとゆいもちょうど、チラリとこちらを見ていた。ばっちり目が合ってしまい、お互い慌てて目をそらす。

「ど、どうかしたのか？」

「ユ、ユーマこそ……」

「いや、その……お邪魔かもしれないし、ちょっと席外してようかなって」

「そ、そだね。そうしよっか」

「そういうわけで俺達《おれ》、席外してるからごゆっくり」

「え!?　ちょっ!?　ゆいちゃん杉崎くん行かないで～！」

……行かないでと口では言っているが、それは明らかに照れ隠しだった。

中学の時から付き合いはしたもののそれ以降はなかなか進展がなかった二人に、せっかく進展の兆候が見られたのだ。やはりここは二人にしてあげよう。……単純に居づらいし。

そんなわけで優真とゆいは部屋を出ていった。

部屋を出ると、そこは中庭に面した縁側になっている。まるで旅館のような風情で、中庭には小さな水場やししおどしなどがある。

二人は自然とそこに腰を下ろした。今日は比較的肌寒いが、ちょうど日が照っていてぽかぽか暖かい。日向《ひなた》ぼっこには最適だ。

「……なんか、友達がイチャついてるの、見てるこっちが恥ずかしいよな」

「ん……。駅とかでイチャイチャしてるカップルとか見ても平気だったのに、めぐちゃんと名護くんのはすっごく恥ずかしかった……」

「……どのタイミングで戻ろうか」

「ゆっくりでいいんじゃないかな。めぐちゃんなんだかんだで幸せそうだったし」

そんなことを言って笑い合う。ただ、お互い照れ隠しだというのはなんとなくわかった。

そしてゆいは座っている優真の足を……あぐらをかいて座っているのをチラチラ見ている。そわそわしている。

もしかしてゆいも飛鳥と同じようなことをしたいんだろうか？　そんな考えが頭をよぎる。

「……………やってみたいのか？」

――言ってから後悔した。名護と飛鳥の雰囲気に当てられてしまったのか、普段ならまず言わないようなことを言ってしまった。

案の定というか、ゆいはびっくりして目をまん丸にしている。

「い、いや！　ごめん！　何でもないから忘れてくれ！」

「え、あ……えと……」

ゆいはちょん、と優真の服をつまんだ。恥ずかしそうにうつむきながら、か細い声を出す。

「や……やってみたい、です」

今度は優真の方が息を詰まらせた。本当にオッケーされるとは思っていなかった。

「じゃ、じゃあ、やってみる、か？」

「…………ん」

ゆいは小さく頷く。

心臓がバクバク鳴っている。嬉しい気持ちよりも『本当にいいのか⁉』という気持ちでいっぱいだった。

ゆいはおずおずと腰を上げ、ちょこんと、あぐらをかいて座っている優真の足に腰を下ろした。

「…………っ」

――名護はなんでこんなことされて平然としていられたんだと心底思った。

温かい体温も、足にかかる体重も心地よい。それにゆいのお尻の感触に、変なことを考えないように理性を総動員させせなければならなかった。ドキドキしすぎて頭がクラクラする。

一方のゆいもまったく平気というわけではない。うつむいてしまっているので表情は見えないが、首筋まで赤くなってプルプル震えている。明らかに恥ずかしがっている。……なのに、こうして自分にくっついてきてくれている。

そんなゆいがかわいくて、ほんの少し理性が緩んだ。

細い腰に手を回してそっと抱きしめる。

ゆいの身体が強張るのを感じた。けれど嫌がっている気配はない。それどころか少しすると力が抜けて、こちらに身を任せてくれる。

そうしていると、ドキドキして苦しいくらいなのに心が安らぐのを感じた。

自分のことを信頼して身を任せてくれている。抱きしめるとゆいの体温が伝わってきて不思議と落ち着く。

甘い、甘い、幸せな時間だった。

「………なあ、ゆい？」

「ひゃっ⁉」

「ど、どうした？」

「耳元でささやくの、ダメ……。な、なんか、ぞくぞくって、する」

「わ、わかった。ごめん」

「ん……。それで、なに？」

「ああ、いや、その……」

優真は一度生唾《なまつば》を飲み込む。

「お前は、その……恋愛とか、したいと思うか？」

遠回しな言い方ではあるが、かなりつっこんだことを聞いた。

——自分はゆいに好かれている。そこは何も疑わない。

けれど、それが恋愛感情なのか、それとも友人や兄妹のような親愛なのか、まだ確信が持てなかった。

だから勇気を出して聞いてみた。……ゆいの答え次第では、このまま告白してもいいんじゃないかとさえ考えていた。

一方のゆいは、優真にそう聞かれてまた身体を強張らせた。

十秒ほどの沈黙。そして——。

「…………ううん。わたしは、そういうのは興味ないかな」

ゆいはそう言って小さく首を振る。

「今で十分幸せっていうか、すごく満足してるから」

「……そうか」

「……ねえ、ユーマ」

「ん？」

「これからもずっと、いつまでも友達でいてね？」

「ああ、もちろん」

なるべく明るい声で答えた後、ゆいにバレないようにこっそりため息をついた。

(脈なし……かな、これは……)

正直これまで、自分とゆいはすごくいい雰囲気だと思っていた。

だがゆいの答えはずっと友達でいたいというものだった。その言葉は間違いなく本心だった。

バレないようにもう一度、小さく息を吐く。

(けどまあ、それでもいいか……)

本音を言えばちょっぴり辛いけど、ゆいがそう望んでいるならそれでいいかと思えてしまった。

「……そろそろ戻るか」

「……ん」

ゆいの頭を撫でる。ちょっと前までは頭を撫でるのをいちいちためらっていたのに、友達でいようと割り切ると自分でもびっくりするほどあっさり撫でられた。

そうして二人は立ち上がり、名護と飛鳥がいる部屋へと戻っていった。

「お前は、その……恋愛とか、したいと思うか？」

ゆいはそう聞かれた時、ただでさえドキドキしすぎて苦しかったのに、いよいよ息が止まってしまった。

恋愛したい。ユーマとお付き合いしたい。

もっともっと近づきたい。大好きだっていう気持ちを伝えたい。

『ユーマのことが好き』たったそれだけの言葉で願いが叶《かな》うかもしれない。優真《ゆうま》と恋人になれるかもしれない。

その言葉が喉元《のどもと》まで出かかる。だけど口に出す直前で――。

怖いと、感じてしまった。

――中学二年生まで、ゆいには友達がいなかった。

身体が弱い上に白い髪がコンプレックスで、学校に行ったり外を出歩いたりもできなくて、お父さんとお母さんが家にいない時はいつも家で一人きりだった。

けれどそれが寂《さび》しいとは思わなかった。それに慣れっこになっていたから、一人でいることが普通になっていた。

……ゲームの世界でユーマと出会った。それから一人でいる時間が寂しくなった。

初めてできた友達。ユーマがいない冒険はなんだか味気なくて、ユーマが学校でいない時は『ユーマ、早く帰ってこないかな？　早くＩＮしないかな？』と思うようになった。

それまで曜日感覚は『何曜日にどのアニメがある』という程度のものだったが、一日中ユーマと一緒にゲームができる土曜日と日曜日が待ち遠しくなった。


高校への進学が決まった時、不安しかなかった。ちゃんと通えるのか。この白い髪を笑われるんじゃないか。……また、いじめられるんじゃないか。

これ以上お父さんとお母さんに迷惑をかけたくないから泣き言は言いたくない。けれどやっぱり学校は怖くて、不安で、一人でこっそり泣いてしまったこともあった。

だが、ユーマが同じ高校に行くとわかった。生まれて初めて神さまに感謝した。神さまがチャンスをくれたんだと思った。

だから勇気を出して『会おう』と誘った。……ネットで話してる時と全然違う性格だったらどうしようと不安だったし、いろいろトラブルもあったけれど、会ってよかった。初めてちゃんと友達ができたんだって、家に帰ってからまたちょっぴり泣いてしまった。

それから一緒に過ごすうちに、優真のおかげでコンプレックスやコミュ障も少しずつ克服していけた。

高校にも通えているし、他の友達もできた。毎日が楽しいし、きっと明日も楽しいって思える。

今、幸せだって心から言える。


――だから、このままでいい。このままがいい。そんな風に思ってしまった。

今の幸せで心地よい関係を変えてしまうのが怖い。今以上を願って、失ってしまうのが怖い。

もし、自分の気持ちを伝えて振られたら……いや、振られるのならまだいい。気まずくはなるだろうけど、きっとまた元に戻れる。

最悪なのは付き合ってから愛想を尽かされて別れることになった場合。

自分の気持ちが重いっていう自覚はある。恋人になんてなったら、きっと自分は今以上にユーマに甘えてしまう。依存してしまう。それを負担に思われて、愛想を尽かされるかもしれない。

考え方がネガティブすぎる自覚もあるけれど、ついそんな最悪を考えてしまう。

……もしもユーマに嫌われたら、見捨てられたら、きっと昔の自分に逆戻りしてしまう。

——怖い。

一度幸せな毎日を知ってしまったから、それを失う恐怖が大きくなる。

そうなるくらいならこのままでいい。変わってほしくない。いつまでも友達のままでいたい。

だから——。

「これからもずっと、いつまでも友達でいてね？」

そう、言葉にした。

◆五話◆ 決意と小さな一歩

「じゃあまた」

「ん。ばいばい」

名護《なご》の家からの帰り。ゆいはいつものように優真《ゆうま》に送ってもらって家に帰ってきた。

優真の姿が見えなくなるまで見送って、鍵《かぎ》を開けて家に入る。

……今日はお父さんもお母さんも仕事でまだ帰ってきていない。さっきまで賑《にぎ》やかだったので、しんと静まり返った家はいつもより寂《さび》しく感じた。

手を洗って、うがいして。二階にある自分の部屋に戻るとそのままベッドに倒れ込んだ。

「…………」

ゴロンと寝返りをうって天井《てんじょう》を見上げる。

楽しかった。けど、心がもやもやする。

優真とは友達同士のままでいいと、自分で結論づけたくせに心がそれを受け入れていない。

……心のどこかで、今からでも自分の気持ちを伝えたい。恋人になりたい。そんなことを考えてしまっている。

そのままベッドの上でしばらくうだうだしているとペコン♪とスマホからメッセージを受け取った時の着信音がした。

見ると飛鳥《あすか》からだ。『今日はありがと。楽しかった〜♪』というメッセージに猫のスタンプが添えられている。

ゆいはくすりと笑ってお礼のメッセージを返す——と。

『ところでゆいちゃん、明日空いてたりする？　よかったら一緒に服とか買いに行きたいな〜って』

『服？』

『いや、今日うちと名護くんなんかめっちゃいい感じやったやん。やからここらでデート用の勝負服みたいなん欲しいなーって』

『いいけど、どこ行くの？』

『まだ決めてない。とりあえず近場にしよっかなとは思ってるけど』

ゆいは少し考えて、メッセージの相手を切り替える。

『ユーマ、今いい？』

ちょうど優真もスマホをいじっていたのか、一分もしないうちに返事が来た。

『ああ、どうかしたのか？』

『さっき、めぐちゃんから明日服見に行かないかって誘われた』

『へー、よかったな』

『うん。それでさ、まだどこに行くか決めてないからネネさんのお店おすすめしてもいい？

あそこならわたしも行きやすいし品揃《しなぞろ》えもいいし』

『もちろん。じゃあ姉貴に声かけとくな』

『ん。それじゃ』


次の日の昼過ぎ。ゆいと飛鳥は駅前広場の時計台の前で待ち合わせしていた。

「ゆいちゃんお待たせ〜。待った〜？」

「ううん。今来たとこ」

「ふふ、なんかこの会話、これから二人でデートでもするみたいやね？」

「え。あ、そ、そうだね……」

「も〜、こんなんで恥ずかしがって、ゆいちゃんかわいいわ〜♪」

——そういえば、ゆいが優真と初めて会ったのもこの場所だった。……会ったというか、怖くて逃げ出してしまったのだが。

それが今ではこうして優真以外の友達と二人で待ち合わせしている。我ながら大した進歩だと思う。

「ほな行こか。杉崎《すぎさき》くんのお姉さんのお店やねんな？　案内よろしく～」

「ん。頑張るね」

そうして二人でバスに乗って、ネネのお店に向かう。

降りるバス停を間違えないかとか、道を間違えたりしないかとか、いろいろと不安だったがなんとか案内できた。

『リバース　オブ　ザ　ワールド』という店名や、看板に描かれた最終回限定の最強フォームみたいな格好をした美少女に飛鳥が不安そうにしていた。まんま自分が初めて来た時と同じ反応で笑ってしまった。

お店に入るとすぐにネネが笑顔で出迎えてくれた。

「いらっしゃいゆいちゃん。それに飛鳥ちゃんよね？　杉崎ネネです。弟の優真がいつもお世話になってます」

「こちらこそ、いつも仲良くしてもらってます。いや～、それにしてもびっくりしましたわ～。杉崎くんこんなキレイなお姉さんおったんやって」

「ありがとう。それでさっそくだけど、飛鳥ちゃんはデート用の服を買いに来たのよね？」

「はい！　よろしくお願いしまっす！」

「うふふ、元気いいわね～。それで、相手の子の好みとかはわかる？」

「あー、すいません。ちょっとわかんないです。あんまりそういうの言わん人なんで。ただ真面目《まじめ》な方やと思うんであんまり派手なんは嫌いそうかな？」

「オッケー。それじゃ派手なのとか露出の多いのは除外ね。それに飛鳥ちゃんの雰囲気も合わせて快活《かいかつ》な感じを出せるといいかしら。よければコーディネートしてあげるけど、どうする？」

「じゃあお願いします。あ～、けどお金がちょっとあれなんであんまりお高いのは……」

「大丈夫。高校生からぼったくるようなまねはしないわよ」

ネネはそう言うと今度はゆいの方に視線を向けた。

「ゆいちゃんはどうする？　試着するだけでも大歓迎よ？」

「わ、わたしはいいです。今日は何も買う予定ないし……ユーマもいないし……」

「「………」」

「ど、どうしたの？　二人とも」

「いや～、ゆいちゃんかわいいな～って」

「うんうん。ごちそうさま～♪」

「？」

何はともあれ、飛鳥の服選びが始まる。

「これから暑くなるからそれを踏まえた服にするとして、飛鳥ちゃん的にこういうのはＮＧっていうのはある？」

「あ〜、身体のラインがはっきり出すぎるんはちょっと嫌かな〜。うちあんまり胸大きくないし」

「高校生としちゃ平均だと思うわよ？　体型もスリムだし」

「いや〜、お姉さんにそう言われると反応に困るかな〜」

飛鳥は苦笑いしつつネネの胸を見る。……飛鳥も別に小さくはないのだが、ネネと比べると戦力差は明らかだ。自分とネネの胸を見比べて、飛鳥は何かを考え込んでいる。

「……杉崎さん」

「ネネでいいわよ？」

「じゃあネネさん。……胸って、どうやったら大きくなりますか？」

その質問に、ネネはにやりと笑って声を潜める。

「お客さま。彼氏くんは大きい方がお好きで？」

「そこら辺はよくわからないですけど、男子ってやっぱり大きい方がいいんかなーって。で、秘訣《ひけつ》とかないんですか？」

「んー、そうね。基本だけどちゃんと食べてちゃんと寝ること。姿勢をよくして無理なダイエットはしないこと。あとは下着の選び方につけ方、それにマッサージとか……」

「マッサージ……どんな風にするんです？」

「口だと説明しにくいからちょっと触ってもいいかしら」

「あ、はい。どうぞ」

「えっとね。ここをこんな感じで……」

「ひゃんっ⁉　こ、これ、人にやられるとけっこうくすぐったいですね……」

「ふふ、ちょっと我慢してね～。……にしても、この張りと弾力……これが現役《げんえき》女子高生……むむむ」

「ちょ、ちょっとネネさん⁉　触り方なんかいやらしくなってきてふひゃああっ⁉」

キャーキャーと黄色い声を上げながらじゃれ合うネネと飛鳥。

一方、ゆいの方は顔をまっ赤にしたままオロオロしている。こういう時にどうすればいいのかわからず、視線を右往左往させていた。

……そっと、自分の胸に手を当ててみる。

ゆいが小柄だというのもあるが、明らかに飛鳥よりも小さい。

実際に会うまでは、優真はゆいのことを女性だと知らずに話していたのでそういう話もしたことがある。

優真は、大きい方が好きだと言っていた。

微妙に落ち込んでいるゆいの様子に飛鳥とネネが気づいた。二人揃《そろ》ってにやりと笑って、飛鳥がちょいちょいと手招きする。

「ゆいちゃんゆいちゃん。ゆいちゃんも聞いといた方がいいんちゃう？」

「え⁉　わ、わたしはいいから……！　わたしはユーマとそういうのじゃ……」

するとネネが意地悪な顔をした。

「あっれー？　飛鳥ちゃんは一言もゆーくんのことなんて言ってなかったけどなー？」

「あ……っ⁉　うう……」

「あはは、ごめんごめん。けど今さらじゃない、ゆいちゃんがゆーくんのこと好きだなんてとっくに知ってるし」

「というかクラスのみんな、だいたい二人がもう付き合ってると思ってるんちゃうかな？　うん、むしろまだ付き合ってないって言ったらびっくりされるレベルやと思う」

ゆいはしばらく固まった後、ワタワタし始めた。

「ち、ちが……っ⁉　わ、わたしユーマとは友達で……！　そ、そういう関係になりたいんじゃなくて……」

「まあまあ、今さら恥ずかしがらんでもええやん友達やねんし」

「そうそう。私も応援してるから」

「だ、だからホントに違って……！　ユ、ユーマにもこれからもずっと友達のままでいようって言ったばっかりで……！」

「「……は？」」

飛鳥とネネの声が重なった。今聞いたのが聞き間違いじゃないのか確認するように二人で顔を見合わせ、またゆいを見る。

　何となく不穏な空気を感じて逃げたそうにしているゆいに対し、飛鳥とネネは勢いよく詰め寄った。

「ちょっとちょっとちょっとゆいちゃん今の発言はどういう意味？」

「だ、だからずっと友達のままでって……ユーマに……」

「いやいやいやいや何でそうなんのよ好きやねんやろ？　ちゃうやんなんでわざわざそんなこと言うんよ？」

「だ、だって……」

「待った。立ち話もなんだしここだと誰《だれ》が聞いてるかわからないからちょっと奥に行きましょ」

「え……け、けどネネさんお店は……？」

「そんなの他の子達に任せとけばいいの。ほら行くわよ」

　そうしてゆいは二人によって店の奥まで連れていかれてしまった。

†

　ゆいはネネに引っ張られてバックヤードまで連れてこられてしまった。小さなテーブルを囲んで三人で座る。

「じゃあ話してくれる？　ゆーくんと何かあったの？」

「そ、そうじゃなくて。何もあってほしくないから、友達でいようって……」

「何もあってほしくないってどういう意味なん？　杉崎くんのこと好きなんやろ？」

「だ、だから………振られたり、もしお付き合いできても別れたりして……気まずくなったりしたらイヤだから……」

「……はあああああ？」

飛鳥は心底呆《あき》れたような声を出した。一方のネネは僅《わず》かに目を細める。

「いやいやおかしいやろ。それで付き合うの諦《あきら》めるとかどないなん？　そんなん……」

「飛鳥ちゃんストップ。気持ちはわかるけどちょっとだけ待ってあげて」

まだ言いたいことはありそうだったが、飛鳥は言葉を止めた。

不安そうな様子のゆいにネネは小さく息を吐き、笑顔を作る。

「一応私は二人の事情もだいたい知ってるから、ゆいちゃんの気持ちも少しぐらいは理解できるわ。……ゆいちゃんにとってゆーくんは本当に大切な人なのね。初めてできた親友って呼び合える相手で、自分が変わるきっかけになってくれた人で、男の子としても大好きな人。だから今の関係を変えてしまうのが怖いのよね」

「………はい」

「あの……すいません、ゆいちゃんと杉崎くんってなんかあるんですか？」

話についていけていないながらも、何か事情がありそうだと察した飛鳥が遠慮がちに聞いた。

「ゆいちゃん。なんなら私の方から説明するけど、話してもいいかしら？」

ゆいは少し迷った後こっくり頷《うなず》いた。


そしてネネは飛鳥に、ゆいが以前は引きこもっていたこと。優真と出会ってコンプレックスとコミュ障を克服しようと頑張っていたことを簡単に説明した。

「……ごめん。うちそうとは知らず無神経なこと言ったかも」

「う、ううん、だいじょうぶ。気にしてないから」

「それじゃあらためて確認するけど、ゆいちゃんはゆーくんとこれからもずっと一緒にいたいから『友達のままでいよう』なんて言った。そういう認識でいいかしら？」

ネネの言葉にゆいは頷く。ネネは肺に溜《た》まった空気を吐き出すように息を吐いた。

「ゆいちゃんの考えてることはわかったわ。けどね。本当にそれでいいの？」

「う……」

心の中を見透かすような言葉に、ゆいは言葉を詰まらせる。そんなゆいにネネはさらに言葉を続ける。

「それに厳しいこと言うけど、いつまでもゆーくんと仲良しなままでいたいから友達のままでっていうのは悪手もいいとこよ」

「え……」

「逆に聞くけど、そもそも今の距離感のままでずっといられると思ってたの？　今は同じクラスだけど、進級すれば違うクラスになるかもしれない。進学したらだいたいは違う学校に行くと思うし、就職すれば住む場所も変わるかもしれない。それでもずっと今のままでいられる？」

「そ、それは……」

「物理的な距離が開けばお互いの距離感が離れていくのは当然のことよ。嫌な言い方だけど友達っていうのはその程度の繋《つな》がりなの」

「で、でも、実際に会うまではゲームの中だけで、それでも友達で……」

「……それ以前に、ゆーくんが別の女の子を好きになる可能性もあるしね」

「……っ」

そんなことは夢にも思っていなかったのだろう。言われた瞬間ゆいの身体が硬直した。

ネネは二人の気持ちを知った上で、あえて続ける。

「普通にあり得る話でしょ？　高校生なんて人生で一番出会いに満ち溢《あふ》れた時期だし、なんだかんだゆーくんってけっこう優良物件だと思うしね。かわいい女の子に告白されてコロッといっちゃうかも」

そう言って、ネネはジッとゆいの目を見つめた。

「……そうなったら、今の関係を続けられると思う？　毎日一緒に登下校するのも、一緒に遊ぶのも、手を繋ぐのも、全部他の子にとられて、それでもゆいちゃんは笑ってられる？」

「や……だ……」

想像してしまった。

優真が他の女の子と仲良くなって、自分のことがだんだんどうでもよくなって。手を繋いでくれなくなって、頭を撫《な》でてくれなくなって、いつしか自分のことを邪魔者みたいに見るようになって……。

「やだ……。そんなの……やだ……」

想像しただけで胸が苦しくて、泣いてしまいそうになった。

そんな苦しそうなゆいを見ていた飛鳥が、ゆっくりと口を開いた。

「前にも言ったけどうちな、中学の時めっちゃアホやってん。やから怖かった。高校生になったら名護くんと離ればなれになっちゃうの。このまま始まりもせんまま終わっちゃうの。……やからめっちゃ頑張った。一生で一番頑張って勉強した。そのおかげで、今もこうやって名護くんと毎日一緒にいられるねん。ゆいちゃんが本当に杉崎くんとずっと一緒にいたいなら、それこそ頑張って変えていかんと」

「変えていく……？」

泣きそうな顔で聞き返したゆいに、飛鳥はにかっと笑って返す。

「そ。もう杉崎くんのことメロメロにしたって、ゆいちゃんなしじゃ生きていけへんってぐらいにしたればいいねん。ちなみにうちはそのつもりやで～。高校の三年間で名護くんのこと完全に攻略したるつもりやから」

その言葉にネネはくすりと笑った。

「そうね。矛盾してるようだけど、変わってほしくないなら変わっていかないといけないの。……嫌いなものや怖いものから逃げるのは別にいいわ。けれど好きなものから逃げるのだけはダメ。絶対に後悔するから」

二人の言葉に、ゆいは少しの間目を閉じた。

……正直、二人の言っていることは自分には眩《まぶ》しい。そこまでポジティブになんてなれないし、ましてや自分が優真をメロメロに……なんて言われてもできる自信なんてまったくない。

けれど、おかげで自分の心と向き合えた気がした。

(ユーマのこと……好き)

大好きで、大切で、誰にも渡したくない。ずっとずっと一緒にいたい。優真にとっての一番が自分であってほしい。――そのために変わらないといけないっていうのなら……。

ゆいは袖《そで》でゴシゴシと目に溜まっていた涙を拭《ぬぐ》った。

顔を上げたゆいを見て、ネネはくすりと笑う。

「ごめんなさいね。意地悪なこと言って」

「……だいじょうぶ、です。ありがとうございました」

「それで？　ゆいちゃんはどうするん？」

飛鳥の質問にゆいは頬《ほお》を赤らめた。こんなことを言葉にするのはすごく恥ずかしい。けれど……。

「ユーマのこと、好き……。ずっと、ずっと一緒にいたい」

そこまで言って、一度息を吸い込んだ。

「だ、だから……ユーマと……こ、恋人に！　なりたい……です……」

今度はちゃんと、そう言葉にした。

†

その後、今後のことを三人で話し合って家に帰った。今日はお母さんが家にいた。

「ただいま～」

「おかえりなさい。……顔まっ赤だけど大丈夫？　熱出てない？」

「だ、だいじょうぶ！　なんでもない！」

ゆいは逃げるように自分の部屋に行くとボフン、とベッドに倒れ込んだ。

枕《まくら》に顔を埋めているとむず痒《がゆ》いような恥ずかしいような、よくわからない感情が湧《わ》いてく

ぐっ

る。なんだかジッとしていられなくて足をバタバタさせる。

「ユーマ……好き」

小さな声で言葉にしてみる。こんなことでさえドキドキして、恥ずかしさが限界で、またしばらくベッドの上で悶《もだ》えてしまった。

優真のことを考えると胸が苦しい。けれど、幸せだと感じる苦しさだ。

……優真と恋人になりたいと思うようになっただけでこうなのだから、本当に恋人になったらどうなってしまうのだろう?

――そう、優真と恋人になりたい。なれるように頑張る。けれど……。

(まだ、ダメ……)

これまでのことを思い出しながら、ゆいは心の中でそう呟《つぶや》いた。

(ユーマ……わたしのこと妹分って思ってると思うから……)

告白するとなると基本的に一回勝負だ。確実に成功させないといけない。

けれど、今の自分はきっと優真に妹分だと思われている。――と、残念ながらゆいはそんな風に考えている。

妹分としてかわいがってもらえること自体は嬉《うれ》しいし、幸せだと思う。けれど恋人になりたいならそれじゃダメだ。女の子として意識してもらわないといけない。

(これから、ユーマに意識してもらえるように頑張らないと……)

ノロノロと身体を起こして、カバンから一冊の本を取り出した。題名は……【ミス・マーキュリーの恋愛完全攻略マニュアル『これを読んで好きな男の子を完全攻略しちゃおう』】。帰りに本屋さんで見かけたのを買ってきた。少々うさんくさいが、今はこういうものにでもすがりたい気分だった。

なにせつい最近まで、同年代の男子と話すことなんて皆無だったのだ。数少ない知識もアニメや漫画で得たものばかり。優真に意識してもらおうにもどうすればいいのかわからない。ネネや飛鳥にアドバイスをもらうという手もあったが、正直こういう話はゆいにとって恥ずかしくてたまらない。できれば最終手段にしたい。

そこでこの本で勉強しようと思ったのだが……軽くペラペラと流し読みして、ゆいはすぐに音を上げた。

（むり……こんなのむりぃ……）

また枕に顔を埋めてジタバタする。本に書いてあった内容を優真に実践するのを想像するだけで恥ずかしくてたまらない。

……これまでにも手を繋いだり一緒に遊んだりはした。しかしそれはゆいが優真のことが大好きで、ちょっとでも近くにいたい一心でしてきたことだ。

それが『優真に意識してもらうためにしかける』となると、基本的に引っ込み思案なゆいにはハードルが跳ね上がる。

だが……。

『ゆーくんが別の女の子を好きになる可能性もあるしね』

ふと、頭の中でネネに言われた言葉が浮かび上がってきた。

「……誰にもあげないもん」

そう呟くと身体を起こし、おっかなびっくり本を読み始める。

パラパラと流し読みして、その中から簡単にできそうなことを見つけて、さっそく行動に移してみる。

部屋を出て、一階に降りる。お母さんはキッチンで家事をしているまっ最中だった。

「お母さん」

「ん？　どうしたの？」

「えっと……あのね？　お母さんが使ってるヘアミスト……わたしも使ってみて、いいかな？」

ゆいの言葉にお母さんは目をまん丸にする。そして嬉しそうに目を細めた。

「ええ……ええ！　いくらでも使ってくれていいからね」

六話　お弁当と思い切った一歩

月曜日の朝。

優真《ゆうま》はいつものように家までゆいを迎えに行く。……だが、その足取りは少し重かった。

『これからもずっと、いつまでも友達のままでいてね』。ゆいに言われた言葉が頭から離れない。

(いや別にいいんだけどな？　ゆいは大切な親友で妹分でもあるんだし、あいつが友達のままがいいならそれで……)

と、頭では考えているものの心がいまいちついてこない。告白もしていないのに振られた気分と言えばいいのか、とにかくちょっと憂鬱《ゆううつ》になっている。

まあ、だからといってゆいに対する態度を変えたりするつもりはない。これからも今まで通り親友として付き合っていこう。

そうしている間にゆいの家の前に着いた。チャイムを鳴らすといつも通り、ひょこっと扉からゆいが顔を覗《のぞ》かせる……が。

「ん？」

ゆいはもじもじと扉に顔を半分隠しながら、優真の様子をうかがっている。

「お、おはよー……」

「おはよう。……どうかしたのか？」

「う、ううん。なんでもない、です」

ゆいはそう言ってとてとてと、うつむき加減で優真のところまでやってくる。――ふわりと、いつもより甘い、花のような匂《にお》いがした。

「……香水でもつけてるのか？」

「えと、ヘアミスト、使ってみてて……ど、どう、かな？」

ゆいはそう言って自分の髪を手に取り優真の方に近づける。

……ゆいの元々の甘い香りと、ヘアミストの花の香りが混じり合って、すごくいい匂いがした。

「ど、どう？　わたしはこの匂い、気に入ってるんだけど……」

「あ、ああ。いいんじゃないか？」

「えへへ……ありがと……」

ゆいは照れくさそうに表情を緩《ゆる》める。

「じゃ、学校、行こ？」

「お、おう」

そうして二人並んで歩きだすのだが……優真はずっと心臓が鳴りっぱなしなのを感じていた。

これまで正直、香水とかの匂いが苦手だったし、女性が好き好んでそういうものをつけるのがよくわからなかった。

だが——こうして並んで歩いていると、ふとした拍子にゆいの方からいい匂いが漂ってくる。否《いや》が応でもゆいの存在を意識してしまう。

そして意識してしまうと、いつも以上にゆいのことが魅力的に思えてしまって——。

「……ね、ユーマ」

おずおずと、ゆいが声をかけてきた。

「うん？　ど、どうした？」

「……手、つなぎたい」

また心臓が跳ねるのを感じた。

手を繋《つな》ぐこと自体はこれまでも何度かあったが、思えばこれまで優真の方から誘うか、その場の流れで繋ぐことばかりだった。

「……ダメ？」

「ダメじゃないけど……。な、何かあったのか？　いや、ヘアミストつけたりお前から手を繋ぎたいって言ってくるの珍しいから……」

「……内緒」

「内緒ってなんだよ……」

それは遠回しに何かありましたと言っているようなものだ。

――これまでにもゆいの方から甘えてくることはあったが、それはだいたいは『懐いてくれている』という感じだった。……今回は、それとは何か違う気がした。

手をゆいの方にやると、ゆいがその手をそっと捕まえる。そのままゆいの方から指を絡《から》めてくる。……恋人繋ぎ。ただでさえドキドキしていた心臓がさらに暴《あば》れだす。

――以前からゆいは距離感が近かった。

なにせお泊まりして一緒のベッドで抱き合って寝たことまであるのだ。正直いろいろ我慢するのが大変だった。

あれと比べると手を繋ぐのなんてマシな部類……のはずなのに、あの時よりもドキドキしてしまっている。

それに何より、明らかにゆい自身が恥ずかしがっている。

耳までまっ赤でずっとうつむいている。なのに手を離そうとしない。

……『この子、俺《おれ》のこと好きなんだな』と思ってもいいような状況だったが、優真はつい先日『ずっと友達でいてね』なんて言われたばかりだ。

そして何より優真の方も恥ずかしくてまともに頭が働かない。ただゆいの小さくて柔らかい手の感触が幸せだった。

そのままゆっくりと、二人は駅までの道を歩いていった。

──と、朝はそんな感じだったものの、学校に着いてしばらくは何もなかった。

周りに人が増えてくると繋いでいた手も離してしまったし、恥ずかしくてしばらくまともに話せなくなってしまった。

加えて、これまたいつもと違う点として、休み時間中にゆいがずっと飛鳥《あすか》とチャットしていたのだ。

普段なら授業が終わると優真が話しかけるのを待っているか、ゲームやアニメとかの話題を振ってくるのだが今日はすぐにスマホを取り出してずっと飛鳥とチャットしている。

ちなみに相手が飛鳥だとわかった理由は時々離れた位置で同じくスマホをいじっている飛鳥とアイコンタクトのようなものをとっているからだ。

……ゆいに仲がいい友達が増えるのは嬉《うれ》しいのだが、正直ちょっと寂《さび》しい。


そうこうしている間に昼休み──昼食の時間になった。

普段なら机をくっつけて飛鳥と名護《なご》も加えた四人で食べるのだが、これまた少し様子が違った。

「なあなあ、今日のお昼ご飯、屋上で食べへん?」

「屋上? ああ、そういえば昼休み中は出入り自由なんだっけ」

飛鳥の言葉に、確か学校案内の時にそんな説明を受けてたなと思い出す。

中学の時は屋上は立ち入り禁止になっていたが、この学校の屋上は正式に飲食スペースという扱いになっていて昼休みには生徒に開放されている。

自販機やベンチも置いてあってけっこう人気だそうなのだが、これまで利用したことはなかった。

「うん。今日天気よくてあったかいし、一回行ってみたいなーって思ってんねんけど、どうかな？」

「俺は別にいいけど、ゆいと名護は？」

「僕も問題ない」

「ん。わたしも、いいよ？」

「じゃあ先に行っててくれ。俺、購買でパン買ってくるから」

優真はそう言ってさっそく購買に向かおうとする……と、ちょんと袖《そで》を引っ張られてゆいに引き留められた。

「ん？　なんだ？」

「あ……ん、えと……」

ゆいは口をもごもごさせながら、視線をウロウロさせる。

「ゆい？」

「えっと、えっと…………こ、これ……」

ゆいはカバンからいつも使っているものよりも大きめの弁当箱を取り出して優真に差し出した。

「ユーマの分……」

「へ？」

「ユーマ、いつもパンで、だから、あの、ユーマの分……作ってきたから、えっと……よ、よかったら、どうぞ……」

優真は目をパチクリさせて差し出された弁当箱を受け取った。

「い、いつもお世話になってるからそのお礼で……！　だ、だから、その……えと……食べてくれると、うれしい、です……」

「じゃ、じゃあありがたく……いただきます……」

——好きな女子が自分のためにお弁当を作ってきてくれた。

恥ずかしいやら嬉しいやらの感情が心の中で渦巻いていて、優真の方も固まってしまった。

二人で向かい合ったまま、顔をまっ赤にして固まっていると、視界の端で飛鳥がにんまりと笑った気がした。

「あ、そうそう。うちと名護くんちょっと野暮用《やぼよう》があるから先行っといてくれへん？」

「む？　飛鳥、僕は用事なんて……」

「いいから！　ほらほら杉崎《すぎさき》くんとゆいちゃんも早く行った行った。はよ行かんと場所とられて座られへんかもしれんし」

「お、おう?」

飛鳥に背中を押されて屋上へ向かった。

「あー、弁当、ありがとな?」

「う、うん」

「…………」

「…………」

廊下を歩いている間、二人はほとんど何も話せなかった。気恥ずかしくて何を話せばいいかわからない。

ゆいがお弁当を作ってきてくれた上に、普段使わない屋上に向かっているのもあって地に足がつかないような感覚だ。弁当箱の重みを手に感じながら階段を上っていく。

屋上に出る扉を開けると、気持ちいい風が吹いていた。それに日がいい具合に照っていてぽかぽかあったかい。

初めてということで少し様子を見ていると、みるみるうちに他の生徒が増えてくる。

中にはレジャーシートを持ち込んでいる生徒までいて、ちょっとしたピクニックみたいな雰囲気だ。ただ――。

(……カップル率高いな)

ザッと見渡してみるが、カップルと思《おぼ》しき男女の割合がかなり高い。さっそく二人で食べさせ合いっこしてるカップルもいる。

（もしかしてここって、カップルご用達のスポットとかそういうあれなんじゃ……）

場違い感がして、少し居心地悪くなっていたがふと思ってしまった。

——自分達も、周りからは恋人同士と思われてるんだろうか？

ゆいと二人でやってきて、手にはゆいが作ってくれたお弁当があって……そう思うと顔が火照《ほて》るのを感じる。

チラリとゆいを見ると、もしかして似たようなことを考えてしまっていたのか、ゆいも恥ずかしそうに頬《ほお》を染めて下を向いていた。そんな姿を見ているとこっちもさらに照れくさくなってくる。

「あー……ゆい？」

「な、なに？」

「とりあえず、あっちの自販機でジュース買って場所とろうか」

「あ、う、うん。そうだね」

自販機には紙パックの、校外ではなかなか見ないようなジュースが並んでいた。適当なものを買って、フェンス前の空いていたベンチに腰を下ろす。

「……名護と飛鳥のことジッと待ってるのもなんだし、先に食べとくか」

「ん……」

お弁当の包みをほどいていく。……ゆいが緊張した面持ちで見つめてくるので正直ちょっとやりにくい。

ふたを開くと、ハンバーグ弁当だった。ふりかけご飯に小さめのハンバーグが二つ。そこににんじんのグラッセとブロッコリーが添えてある。……前にお泊まりした時と同じようなメニューだ。

「えと、前にお泊まりした時おいしいって言ってくれたから……」

「そ、そうか。じゃあ、いただきます」

さっそく箸《はし》でハンバーグを二つに割って、口へ運ぶ。

冷めているので、前回食べたできたてのように肉汁が溢《あふ》れ出してきたりはしない。だが弁当用に調理法を変えているのか、中までソースの味がよく染《し》みている。前回とは違った美味《おい》しさだ。

「どう……かな？」

「めちゃくちゃ美味《うま》い。お世辞抜きで」

「そっか。……よかったぁ」

ようやく人心地つけたのか、ゆいはホッと息を吐いた。自分もお弁当の包みをほどき、食べ始める。

「……えと、ユーマ。あのね？　……えっと、ユーマさえよかったら、これからもユーマのお弁当、作ってきて、いい？」

「え？　い、いや、それは流石《さすが》に悪いだろ。作るの大変だろうし材料費とか……」

「つ、作るのは別に大丈夫だから！　どっちにしろ自分の分は自分で作ってたし一人分でも二人分でも手間はそんなに変わらないから！　ざ、材料費もお父さんとお母さんが『いいよ』って言ってくれて！　だから、えと、日頃《ひごろ》のお礼ってことで、作らせてくれたらうれしい……です」

そういえば、ゆいはお礼とかそういうのをやたら気にするタイプだった。

……実際お弁当を作ってくれるのは嬉しいしありがたい。その方がゆいも喜んでくれるならいいんじゃないか。ついそんな風に考えてしまった。

「……わかった。じゃあ、これからよろしく」

「ほ、ほんと？　えへへ……ありがとう♪」

「作る方がお礼するっていうのもどうなんだ。あー……、けどお金は払わせてくれ。元々昼飯代として姉貴からもらってるやつだから」

そう言って押しつけるように昼食代を手渡す。

「ほんとにいいのに……それにこれ、たぶん材料費よりちょっと多いし……」

「余った分は手間賃と俺からの感謝の気持ちとでも思っといてくれ」

ゆいは手渡された小銭をジッと見つめ……おずおずと優真の方を見た。

「……じゃあ、これ、二人で貯《た》めとこっか？」

「ん？」

「ちゃんとお父さんとお母さんには言うよ？　その上で、材料費を差し引いた手間賃の分、二人で遊びに行ったりする用に貯めておきたいなって」

「……まあ、お前がそれでいいなら俺は何も言わないけど。遊びに行くってまたネットカフェか？」

「ん……ネットカフェもいいけど、ユーマの好きなとこ連れていってほしい。ユーマと一緒なら、きっとどこでも楽しいから」

「わかった。じゃあ何か考えとく」

「ん。……じゃあ、その……」

ゆいは何やら急に恥ずかしそうに顔を伏せた。

「……どうした？」

「……えと」

ゆいは口をもごもごさせながら、上目づかいにユーマを見る。そして——。

「……ユーマとの〝デート〟。楽しみにしてるね？」

——その不意打ちに、また心臓が跳ねるのを感じた。

ゆいは恥ずかしさが限界に来てしまったようで、自分のお弁当の方に視線をやって無言でモソモソ食べ始める。

優真もお弁当を食べ進めつつも、意識は完全にゆいの方に行ってしまっていた。

――ゆいはわざわざ、自分と遊びに行くのを『デート』という言い方をした。

その姿は、一生懸命に自分の気を引こうとしているようにしか見えなくて。

そんなことをされたら、『友達のままでいい』なんて思っていた気持ちがどんどん揺らいできて……。

「あの……ユーマ？　食べるの見られてると、恥ずかしい……」

ついゆいのことをジッと見つめてしまっていた。優真は慌てて視線をそらす。

「あ、いや、お前が飲んでるジュースあんまり見ないやつだからどんな味なのかなって」

「じゃ、じゃあ……」

ゆいはおずおずとジュースを持ち上げてストローを優真の方に向けた。

「ひ、一口、飲んでみる？」

「……え」

予想外な提案に、つい優真は固まってしまった。

「い、いや、それは………その、嫌じゃ、ないのか？」

「わ、わたしは気にしない、よ？　ユ、ユーマは、こういうの、いや？」

「お、俺も嫌ではないけど……」

――まあ、ジュースの回し飲みというのも、仲のいい友達同士ならすることもあるのかもしれない。ゆいは元々距離感が近かったし、そういうのを気にしないのかも……と考えようとしたが、どうやっても無理だった。

だって『気にしない』と言ったのに、ゆいの顔がまっ赤なのだ。明らかに恥ずかしがっている。なのに震える手でジュースを差し出して、固唾《かたず》を呑《の》んで優真のことを見ている。

「………いや、その、今はそんなに喉《のど》渇いてないから」

「そ、そっか」

ホッとしたような。それでいてどこか残念そうな表情でゆいはジュースを引っ込めた。ものすごくもったいないことをしてしまった気がするが、優真はあらためてゆいの様子をうかがう。

今日のゆいはやはり様子が変だ。

以前のように男女の距離感をよくわかっていないのとも違う。明らかにゆいはわざと、自分から距離を詰めてきている。

……ゆいがどういうつもりなのかはわからない。けれど『友達のままでいい』という気持ちがどんどん揺らいできているのは確かで……。

ゆいと一緒にいる時間が幸せで。苦しいくらい愛《いと》おしくて。抱きしめたい。自分の恋人になってほしい。そんな気持ちがどんどん膨らんできて――。

「……なあ、ゆい」

「ん……？」

「その……お前って、俺の──」


──と、そんな時だった。

ペコン♪と、優真とゆい、両方のスマホがほぼ同時に鳴った。

水を差される形になって、優真の頭も冷えてしまった。ごまかすように咳払《せきばら》いをしてスマホを取り出す。

通知画面を見ると、オンラインゲーム『グランドゲート』のアップデートに関するお知らせだった。

「アプデ情報か」

「そういえば大型アップデートするって言ってたね」

オンラインゲームの醍醐味の一つは定期的に行われるアップデートであろう。

特に大型アップデートとなるとかなり環境が変わることもあって、ゲーマーな二人は早速アップデートの内容に目を通し始めた。

「ユーマユーマ、土属性魔法にバランス調整入るって」

「おー。ゴーレム作成とか面白《おもしろ》いんだけど、器用貧乏って感じであんまり使わなかったから嬉しいな。あとは全体的な調整に新スキルに……お前的に面白そうなのはなんかあるか？」

「んと……地味だけど恵みの雨にリジェネ追加が嬉しいかな。タンクやってると回復する暇ないこととかあるし……。あ、見て見て、この新スキルとか面白そう」

二人で今度のアップデートに関する所感を話しながら内容に目を通していく。

先日飛鳥と名護を交えてみんなでわいわいやるのももちろん楽しかったが、こうして上級者同士で語り合うのもまた別の楽しさがある。

「全体的に良調整多いな」

「ん。このゲーム、運営がわかって……っ⁉」

楽しそうに画面をスクロールしていたゆいが突然固まった。

どうしたんだろう？と思ったがすぐにその理由はわかった。

【新システム　結婚について】

画面をスクロールしていくとそんな文字が目に飛び込んできた。

なんでも、仲のいいプレイヤー同士で結婚することが可能になるらしい。

結婚すると同じ家に住むことができ、お金やアイテムの受け渡しが楽になるようだ。また、二人の子供を作ってＮＰＣとして冒険に連れていったりもできるらしい。

……こういうシステム自体は、他のオンラインゲームでも時々見かける。そう珍しいものでもない。だが……。

（ゆいと結婚……）

あくまでもゲームの中でのことだし、結婚すればいろいろと便利になるのは説明文から見ても明らかだ。ここは軽い感じで『それじゃ結婚するか』と声をかけるのが正解だったはずだ。なのにできなかった。変に意識してしまって声が出ない。そして時間が経《た》てば経つほど声をかけづらくなってくる。

するとキュッと、ゆいが優真の服をつまんだ。

「ね、ねえ、ユーマ？」

「お、おう」

「えっと、あの……ね？　えっと……け……け……」

ゆいが何か言おうとしている。……いや、言いたいことははっきりわかっている。そして、それをこのままゆいに言わせるのは男として情けない気がした。

「け、結婚、するか？」

その言葉にゆいの肩が跳ねた。ただでさえ赤かった顔がますます赤くなる。

「い、いや、見た限りそっちの方がいろいろ便利そうだしな？」

「う、うん。じゃ、じゃあ……。結婚……しよっか？」

もじもじしながらも嬉しそうに、上目づかいで見つめられてドキリとしてしまった。あくまでもゲームの話だとわかっているのに、心臓がバクバク鳴っている。

そこからはお互いまたスマホに視線を移す。気恥ずかしくて、まともに目を合わせられない。

「け、結婚が実装されたんでそれ関係のクエストも出るみたいだな」

「う、うん！　た、楽しそうだね～」

恥ずかしさをごまかすようにスマホの画面をスクロールしていたゆいだが、その顔が徐々に真剣な——ゲーマーの顔になった。

「……ねえねえユーマ、このクエスト、すっごく美味しくない？」

「え？　……マジだな。報酬も出現モンスターもめちゃくちゃ美味い。これ全力で周回した方がいいやつか」

「土曜日のお昼にアップデート終了予定……。ちょうど学校お休みだしいっぱいできるね」

「そうだな」

するとゆいは何か思いついたようで、くいくい優真の服を引っ張った。

「ね、ユーマ。またネットカフェで一緒にしない？」

春休みの間は毎日のようにネットカフェで一緒にしていたが、学校が始まってからはまだ行ったことがない。

行きたいのはやまやまだ……が。

「……ごめん。正直お金的にキツい」

哀《かな》しいかな。高校一年生の経済力では限界が来ていた。残していたお年玉もほとんど使いきってしまっていたのだ。

「あ……ごめんね。わたしのコミュ障克服、手伝ってくれたから……」

「謝るな。あれは俺だって楽しかったんだから」

おかげでこうしてゆいと仲良くなれたのだし後悔はまったくしていないが、しばらくは無駄遣いできそうにない。

さて、そうなると今まで通り家でオンラインで一緒にプレイという形になるだろうか？

……もちろんそれも楽しいだろう。けれど実際に会って一緒に遊ぶようになって以来、隣にゆいがいないのがなんだか寂しく感じるのも事実だ。

その気持ちはゆいも同じようで、ジッと何か考え込んでいる。

そして何か思いついたのか、小さく頷《うなず》いて、どことなく気恥ずかしそうに顔を上げた。

「ね、ねえユーマ？　じゃ、じゃあさ。……えっとね、その…………ユーマの家……お泊まりしに行っても、いい？」

「……へ？」

一瞬ゆいが何を言っているのかわからなかった。

そして意味を理解するとただでさえドキドキしていた心臓がさらに高鳴りだす。そんな優真にゆいの方もワタワタしだした。

「い、いや、ほら、中学生の時はこういう美味しいイベントとかあると夜更かしして一緒にしたりしたでしょ？　だから今度はお泊まりで、どうかなって……」

「お、おう」

女子が男子の家に一人でお泊まりに来るのはどうなんだろうと思う。

いや、前に一度ゆいの家にお泊まりしてしまったので今さらと言えば今さらだが、意識してしまうのはどうしようもない。

（ま、まあ、別に友達同士で遊ぶだけだからな？）

頭の中で言い訳するようにそう唱える。

本当は断るのが正しいとわかっている。だけど心のどこかで何かを期待してしまっている。

とはいえ今回は流石にお互いの保護者に秘密でというわけにもいかないだろう。女子が男子の家にお泊まりなんてまずいことに変わりはない。

けど、ゆいに来てほしいという気持ちも大いにあるわけで……。

「じゃ、じゃあ土曜日……その、お互いの保護者の了解が取れたらってことで……」

「う、うん！」

結局、そういう形で落ち着いた。

†

　そしてその日の夕食時。冷凍食品のコロッケをかじりながら、優真は話を切り出すタイミングをうかがっていた。

　ゆいのお泊まりのことをネネに了解を取らなければならないのだが……正直気が重い。

　なにせネネには、ゆいのことを好きだと知られている。いったいどんな風にからかわれるだろうか。

「あー……姉貴、ちょっといいか？」

　ちょうどネネが食べ終わったタイミングでそう切り出す。

「ん？　どうしたのあらたまって」

「えーっと……今度の土曜日にな？　その……友達が泊まりに来たいって言ってるんだけど……」

　その言葉で、ネネが固まった。

「友達って、ゆいちゃん？」

「……まあ、うん。あ、いや、あくまで遊ぶだけだから！　なんか俺達がやってるネトゲの大型アップデートがあるとかでそれやろうって」

　どんなからかわれ方をするだろうと身構えていたが、何故《なぜ》かネネは固まったままだった。

　そして額に手を当てて、ブツブツと何かを呟《つぶや》いて考え込んでいる。

「いや確かに発破をかけるようなことはしたけどいきなりお泊まりとか……ちょっとゆいちゃ

んの行動力舐《な》めてた……お泊まり……高校生の男女……何も起きないわけがなく……いや流石にそれは……でも万が一があったら……けれどゆいちゃん頑張ってるみたいだし……」

「あ、姉貴？　おーい？」

優真の声が届いていないのか、そのまましばらくネネは何かを考え込んでいた。

そしてしばらくすると大きく息を吐き、顔を上げる。

「ちょっと待ってて」

そう言うとネネは席を立って自分の部屋に行ってしまった。

「あ、もしもし私です……あ、はいその件で……。はい……はい、………そこはちゃんと……はい……」

……電話をかけているのだろうか？　何か話し声が聞こえる。

そのまま少しするとネネが戻ってきた。

「わかったわ。ゆいちゃんにお泊まりしてもらって構いません」

（あれ？　意外とからかわれなかったな）

ネネの性格的に散々にいじられる覚悟をしていたのだが、思いの外すんなりだ。

「どうかした？」

「いや、正直あれこれからかわれるかと思ってた」

「そうしたいのは山々だけど流石にね」

「？」

確かにゆいが家に来るのは緊張するが言ってしまえば友達が家に来るというだけだ。なんでそんなことでこんな真面目《まじめ》な顔になっているんだろう？

「お泊まりの許可は出したけどあくまでも友達同士のお泊まり会っていうのを忘れないように。くれぐれも変なことしちゃダメだからね？」

「わ、わかってるよ」

「寝る時はゆいちゃんには私の部屋で寝てもらって。一緒に寝るとか言語道断よ？」

「わかってる！　わかってるから！」

「あと念のために用意しといたこれ、もし万が一そういう展開になったらちゃんと使うのよ？」

そう言って、ポンと小さな箱を渡された。

「何これ？」

優真は渡された箱を見る。

——なんか、０・０１ミリとか書いてた。

「…………何考えてんの姉貴⁉」

「いいから受け取りなさい！　ホント頼むわよ？　学生のうちに赤ちゃんなんてできたら大変なんだからね⁉」

「さっきからなんの心配してんだよ姉貴⁉　だ、だからホントに違うからな⁉　ゆいは普通に遊びに来るだけでそういうのじゃなくて！」

「優真」

普段はゆーくんと呼ばれているのに優真と呼ばれた。真面目な顔で目を合わせられる。

「受け取るまでお泊まりは許しません」

「い、いやだから……」

「いいから。受け取りなさい」

「…………………はい」

――こんなことならからかわれた方が百倍マシだった。

†

部屋に戻った優真は、ネネから受け取った箱をゴミ箱に叩《たた》き込むと勢いよくベッドに倒れ込んだ。

（姉貴のバカ野郎……）

ゆいは異性である以前に大切な親友で妹分だ。そういうことはなるべく意識しないようにしていたのに……ネネのせいで変に意識してしまった。

（端から見ると俺達ってそういう関係に見えるのかな……）

高校生男子の家に女子が泊まりに来るというのだ。そういう風に思われても仕方ないといえば仕方ないのかもしれない。

……ジッとしていられなくて枕《まくら》に顔を埋めたままボスン、ボスンと拳《こぶし》でベッドを叩いた。なんだかもう叫びだしたい気分だった。

――と、ペコン♪とスマホから通知音がした。見るとゆいからだ。

『お父さんとお母さんの了解とれたよー』

そのメッセージと一緒に『やったー♪』というアニメキャラのスタンプが添えられている。そういうことをまったく意識してないような無邪気な様子に、謎《なぞ》の罪悪感を覚えてまたしばらくのたうち回った。

一度深呼吸。どうにか意識を切り替えてメッセージを返す。

『こっちも了解とれた』

『それじゃ楽しみにしてるね』

そのメッセージと一緒に『たのしみー♪』というスタンプが送られてくる。

優真はスマホを置いて、またベッドに顔を埋めた。

……ゆいのことはあまりそういう目で見たくないというか、欲望の対象にしたくないというか。……大事にしたい。

ただ、ゆいに対してそういう劣情を抱かないと言えば嘘《うそ》になってしまうのも確かなわけで……現に今もそういうことを意識してしまっていて……。

「…………」

ノロノロと立ち上がる。

チラチラとゴミ箱に視線を送る。

意味もなく部屋の中をウロウロして、ゴミ箱の前にかがみ込む。

「………………………」

何というか、一応、念のため、万が一に備えて、ゴミ箱に先程叩き込んだ箱を回収。引き出しの奥深くにしまっておいた。

◆七話◆　結婚とお泊まり

約束の土曜日。ゆいは朝からシャワーを浴びていた。

（どうしよ……ドキドキするの、収まらない……）

これから優真《ゆうま》の家でお泊まりで、ゲームの中とはいえ結婚するのだ。

小さい頃から家や病院で過ごす時間が多かったゆいにとって、ゲームで使っているキャラ
――シュヴァルツは自分の分身も同然の存在だ。

そのシュヴァルツが結婚すると思うとどうしても意識してしまって、ドキドキが止まらない。

（結婚……結婚、かぁ……）

そういうのに憧《あこが》れる気持ちがないわけではなかったが、自分とは遠いものだと考えていた。

だが優真のお嫁さんになれたら……と、少し想像してしまった。

同じ家に住んで、この間みたいに一緒にご飯作って、ぎゅっと抱き合いながら寝たり……キスとかも、したりして……。

（～～～～～～っ！）

あまりにも恥ずかしくて熱くなったほっぺたに手を当ててブンブン頭を振る。

前回優真がお泊まりに来た時は、まだ優真が異性だということをあまり意識していなかった。

初めてできた大切な親友で、その親友が家に来てくれたことが嬉《うれ》しくて、舞い上がってて……今振り返るとかなり大胆なこともしてしまったと思う。

けど今回は……大好きな男の子の家にお泊まりするんだと、完全に意識してしまっている。

まだ優真の家に行くまでかなり時間があるのにドキドキして、ずっと落ち着かない。

それにゲームの中とはいえ結婚するのだから、これを機会に優真との仲も進展するかも……なんて少し期待してしまっている。

(だ、だから違うから〜〜っ)

誰《だれ》に言い訳しているのかわからないが心の中でそう繰り返している。

流石《さすが》にそろそろのぼせてしまいそうだったのでシャワーを切り上げた。

……心の中では違う違うと繰り返しているのに、朝からこうしてシャワーを浴びて肌を磨いているし、髪もいつもの倍の時間をかけて丁寧に洗った。

お風呂《ふろ》を上がって部屋に戻ると以前ネネに教えてもらったやり方でスキンケアして、そうしていると昨晩悩みに悩んで決めた服もなんだか不安になってきて、クローゼットからおしゃれ着を引っ張り出して鏡の前でファッションショーを始める。


「……ふう」

ようやく服を決め終わって、ゆいはベッドに腰掛けた。しかしどうにもそわそわして落ち着かない。

漫画でも読んでようと本棚の方に行き、適当な漫画を開くが数ページ読んだだけでまた本棚に戻してしまった。

——恋をするのって疲れる。

以前はもっと気軽に優真と遊んでいた。好きになる前は優真と一緒にいると落ち着くというか、癒やされるような感じで、無邪気に甘えられた。なのに今は優真のことを考えただけでドキドキしてしまっている。

——だけど、すっごく楽しい。

ゲームで強敵に挑む時の何倍もドキドキしている。おしゃれしたの、褒めてくれるかな？かわいいって言ってくれるかな？　そんなことを想像するだけでつい頰《ほお》が緩《ゆる》んでしまう。

おしゃれがこんなに楽しいなんて今まで知らなかった。……いや、好きな人のためにおしゃれするのがこんなに楽しいなんて思わなかった。

そうしているとふと、あることが思い浮かんだ。

パソコンの前に座りゲームを起動。画面に長年の相棒——シュヴァルツが表示される。

全身重鎧《じゅうよろい》でごつい盾と両刃の剣を構えた聖騎士。こういう無骨なのもロマンがあって好きだが、かわいらしさの欠片《かけら》もない。

「………結婚、するんだもんね」

小さく呟《つぶや》いて、メニューを開いた。

†

優真はゆいの家の前まで来るともう一度大きく深呼吸した。

ゆいをこうして迎えに来ることはいつものことなのに、何をそんなに緊張しているんだろうと苦笑いしながらインターフォンを鳴らす。

少しすると扉の隙間《すきま》からゆいがひょこっと顔を出した。

「おはよー……」

「おはよう。って言ってももう昼だけどな」

そう言いつつも、姿を現したゆいに優真は早くもどぎまぎし始めていた。

別にゆいがおかしな格好をしていたわけではない。ただいつもよりもおしゃれに気をつかってくれている感じがした。

……自分のために頑張ってくれたと、そう考えてしまった。

「あー……その……」

「？」

「服、似合ってるな」

不器用ながらもそう言うと、パッとゆいの頬が赤くなった。もじもじと下を向いてしまいながらも、嬉しそうに表情を綻《ほころ》ばせる。

「へへ……えへへ、ありがと」

「おう……。じゃあ行くか。リュック持とうか？　けっこう重そうだし」

「う、ううん。大丈夫」

「遠慮しなくていいぞ？　俺《おれ》手ぶらだし」

「そうじゃなくて、えと、その……下着とか、入ってるから……なんか恥ずかしい……」

その言葉にゆいが自分の家にお泊まりするのをあらためて意識してしまった。

お泊まりするということは当然、自分の家で寝たり、お風呂に入ったりもする。

（…………いや何考えてんだ俺⁉）

すぐさま頭を振って煩悩を振り払った。まだ家にも着いていないのに今からこんな調子で大丈夫だろうかと、我ながら心配になってくる。

「おじゃましまーす」

ゆいはそう言って優真の家に足を踏み入れた。

ネネは今は仕事でいない。土日は学生にとっては休日だが、ネネのように店を開いている人にとっては稼ぎ時だ。

……ゆいが泊まりに来るということで仕事を休もうかと考えていたようだが『流石にそれはやめろ』と追い出した。

ゆいはあらかじめ玄関先に用意していたスリッパに履《は》き替え、しゃがんで脱いだ靴を端に並べ直す。

そんな些細《ささい》な動作でさえ、何故《なぜ》だかドキドキしてしまう。普段と少し違う仕草というだけでつい視線が吸い寄せられてしまう。

「……あー、とりあえず俺の部屋に行くか」

「ん」

そう言って部屋に向かう。ゆいが後ろをとてとてついてくる。フローリングの床が軽く軋《きし》む音さえなんだか気になってしまう。

自分の部屋の扉を開けた。

先日時間をかけて片付けたのもあって、優真の部屋はいい感じの男子部屋という感じだった。フローリングの床にカーペットとクッションを置いて座れるようにした洋室。勉強机の上にはゲーム用のデスクトップパソコン。本棚にはぎっしりと漫画やライトノベルが並んでいる。

マンションなのもあってゆいの部屋と比べるとこぢんまりしている。けれどその分ゆいとの距離が近く感じた。

「ユーマの匂《にお》いがする……」

「え。そ、そんな匂うか？」

「ううん。……この匂い、好き……」

その言葉にまた顔が熱くなるのを感じた。

自分の部屋に、自分のプライベートな空間に好きな女子がいる。それがこんなにも緊張するものだとは思わなかった。

別に見られたらまずいものはないはずだがついそわそわしてしまう。『ゆいならこれくらい気にしないだろう』と本棚に入れっぱなしにしていた少しお色気描写のある漫画を今すぐ隠したくなってくる。

「……ジュースとお菓子とってくる」

「ん」

逃げ出すようにキッチンに向かい、ホーッと息を吐いた。初っぱなからこんな調子で本当に最後までもつんだろうか。

何はともあれお菓子とジュースをお盆にのせて部屋に戻る。

すると部屋の扉が半開きになっていた。緊張していたから外に出るときに閉め損ねたのだろう。

……何となく、扉の隙間から中のゆいの様子を覗《のぞ》いてみた。

ゆいは床に置いた小さなテーブルの前にちょこんと座り、落ち着かなそうにそわそわと肩を揺らしていた。

さっきまで自分のことでいっぱいいっぱいで気づかなかったが、こうして見るとゆいも緊張しているのがわかる。

初めての場所だからか……それとも、少しぐらいは異性の部屋だということを意識してくれているのだろうか？

扉の前でもう一度深呼吸。今戻ってきた風を装って中に入った。

「それじゃ早速ゲームするか？」

「ん。あ、ノートパソコン持ってきたんだけど、有線で繋《つな》いでいい？」

「ああ。長くなると思うし自分の部屋だと思ってくつろいでくれていいからな」

せっかくだしネットカフェの時みたいに隣り合ってやろうということで、場所を詰めて優真のパソコンの横にゆいのノートパソコンを置き、もう一つ椅子を持ってきた。

二人で並んで腰掛け、ネットに接続。お菓子とジュースを取りやすい位置にセットしてゲームを開始する。

「それで、えーと、まずは結婚……で、いいんだよな？」

「う、うん」

「じゃ、じゃあ教会の前で待ってるから」

「あ、えと…………その…………」

ゆいが何かもじもじしている。

「どうした？」

「…………」

ゆいは頬を染めつつ、カタカタとキーボードを叩《たた》いた。

『もう目の前、いるよ？』

「え？」

チャットに表示されたその言葉にサッと画面内を見回す。しかしいつもの重鎧に身を包んだシュヴァルツの姿は見当たらない。

……だが何秒かして、シュヴァルツというプレイヤーネームが表示された小柄な白い髪の少女に気がついた。

少女は薄紅色の瞳《ひとみ》をパチクリさせて、ジッとゲームの中のユーマを見上げている。

「……イメチェン？」

「えと、せっかく結婚するんだし、ユーマも相手は女の子の方が嬉しいかなって、キャラクリ変えてみた……」

「そ、そうか」

「ど、どうかな？　かわいいかな？　キャラクリ、けっこう頑張ってみたんだけど……」

「あ、ああ。か、かわいいんじゃないか？」

つい動揺してしまった。小柄で、華奢《きゃしゃ》な身体つきで、白い髪。明らかにゆい自身をモデルにしている。よくできている。

そして優真の使っている大魔道士『ユーマ』は長年愛用してきた優真の分身のような存在だ。それがこれからゆいそっくりな『シュヴァルツ』と結婚すると思うと、ゲームの話なのはわかっているのにドキドキしてしまう。

けれども男の見栄というか、こんなことで動揺している姿を見せたくない。なんとか必死にポーカーフェイスを保つ。だが——。

「じゃ、じゃあ。結婚、しよ？」

その一言でポーカーフェイスもあっさり崩れてしまった。もう照れくさくてたまらなくて、ゆいがいなければ床の上を転げ回りたいところだった。

だがゆいの方も、顔をまっ赤にしたままうつむいてしまっている。幸か不幸か、とうてい優真の様子に気づけるような状態ではない。

「あ、ああ。結婚、しようか」

どうにかその言葉を絞り出す。そして二人で一緒に、教会へと入っていった。

――とはいっても、ゲーム内での結婚なんてごく簡単なものだ。

専用アイテムを持って相手にプロポーズ。相手のオーケーが出たら街の教会で簡単な結婚式イベントとムービーが流れて終了。時間にして数分程度だ。

そうやっているうちに多少は落ち着けた。なるべく意識しないようにイベントを淡々とこなしていく。

『苦しいときも病めるときも、共に助け合い永久に愛し合うことを誓いますか？』

ゲーム内の神父さんが結婚式を進めていく。

「結婚って身構えてたけど、けっこう簡単だね」

「まあゲームだしな。……と言っても、現実でも結婚自体は役所に届け出したらそれで終わりらしいけど」

「そう思うとなんか寂《さび》しいね」

「そうだな。でもいいんじゃないか？　重要なのはこの二人が結婚したってことなんだし」

「そっか。この二人ってこれで夫婦なんだよね」

そう言うとゆいはほんのりと笑顔を浮かべた。

「なんかさ、シュヴァルツのこと、お祝いしてあげたい」

「お祝い？」

「ん。この子、やっぱり長年使ってきて愛着があって……。この二人って偶然出会って、何度も一緒に冒険して、それで今日、こうやって結ばれて……そういう風に考えると、なんだかロマンチックというか、不思議な気分というか……」

その気持ちは少しわかった。

『ユーマ』と『シュヴァルツ』。この二人が偶然出会ったからこそ今の優真とゆいの関係があるのだ。そして今日、こうしてユーマとシュヴァルツが結婚した。

そう思うと……うまく言語化できないが、なんだかふわふわした気持ちになってくる。

ゆいはくすりと笑うと軽快にキーボードを叩いた。

『あらためまして、これからもよろしくねユーマ』

シュヴァルツとしての言葉。その言葉に優真も同じように笑ってチャットを返した。

『ああ、こちらこそよろしくなシュヴァルツ』

そう伝え合って二人で笑い合う。少し気恥ずかしいけれど、ふんわりして甘やかな空気が幸せだった。

——が、そんな気分に浸っていられたのは短い時間だった。

「うわあああああ!? 死ぬ! マジで死ぬ! なんだこのダンジョン状態異常のオンパレード

じゃねえか⁉」

「ごめんアイテム足りない！　いったん帰ろ⁉　帰って準備しなおそ⁉」

――結婚の実装を記念した期間限定クエスト【栄光のヴァージンロード】。

ダンジョンの最奥に安置された伝説の花嫁衣装を取ってくるというクエストだ。

所詮《しょせん》は記念クエストと高をくくって、軽い気持ちで最高難易度に挑戦してみたら鬼のような鬼畜クエストだった。

「いやこれなんだよ鬼すぎるだろ⁉　というか結婚が実装された記念クエストで毒に疫病に麻《ま》痺《ひ》にその他もろもろの状態異常オンパレードってどういう了見だよ⁉」

「あ、たぶん神父さんが言ってた『苦しいときも病めるときも』ってたぶんこういう……」

「なんかやけにしつこく確認してくると思ったらそういうことかよ⁉　これ作った人絶対結婚に嫌な思い出あるだろ⁉」

「とりあえず、状態異常対策は必須だよね？」

「ああ。……ってあれ？　そういえばシュヴァルツって確か状態異常耐性あったよな？　なんで普通にくらってたんだ？」

「耐性貫通してるみたい。問答無用で状態異常にしてくる」

「……作った人やっぱり結婚に嫌な思い出あるだろ……」

文句を言いつつも二人はなんだかんだ楽しんでいた。

こういう歯ごたえのある戦いは熟練プレイヤーである二人にとって望むところ。普段は大人しいゆいも高揚しているのかいつもより大きな声を出している。

（やっぱり、こうしている時間が一番楽しいんだよな）

ゆいのことを意識するようになってからついぎこちなくなってしまっていたが、こうやってゲームに熱中している時間が一番楽しいと感じる。

何より嬉しいのが、ゆいも夢中になって楽しんでくれているのが伝わってくること。こうやって同じことを楽しんでいる時間がすごく心地いい。

「ユーマ、『貝殻のイヤリング』は持ってる？」

「状態異常軽くするやつだっけ？　持ってない」

「じゃあ、二つ持ってるから一つあげるね。次はそれ持ってこ？」

「サンキュー。それじゃそっちからトレード申請出してくれないか？　俺が受けるから」

そう言うとゆいはくすりと笑った。

「わたしたち結婚してるから専用アイテムボックスでやりとりできるよ？　そっちの方が便利だしそっちでしょ？」

「あ、ああ。そうだったな」

あやうく動揺してしまいそうになった。ゲームの中とはいえ結婚してるというのにはまだ慣れないしちょっと照れくさい。

　一方のゆいはまったく気にした様子がない。ゲームに夢中になっていて気づいていないのだろうか？

（そういえば、最初の人見知り全開な頃もゲームに夢中になってると普通に喋《しゃべ》ってたっけ）

　それでキャーキャー騒いで、終わったら冷静になって恥ずかしがっていた姿を思い出す。

　どうもゲームに熱中している時はそういうことが頭から吹き飛んでいるようだ。ただ、ウキウキと楽しそうなゆいを見ているとなんだかこっちまで嬉しくなってくる。

（……ここしばらくゆいのこと意識しちゃってたけど、今日はなるべく抑えよ）

　今日は純粋に、親友としてゆいと遊びたいと、何となくそう思った。


　せっかく結婚したので、それによって使うことができるようになったシステムも検証していくことにした。

「このアイテムボックス、地味だけど便利だよな。これまでいちいちトレード申請してたのがなくなるからだいぶ楽」

「そうだねー。あ、このエルフの妙薬もらってもいい？」

「ああ。こっちのアイテムボックスに入れてるやつならことわりなく持っていっていいぞ」

「ん、ありがとー」

「えーっと、後は家か」

「せっかくだし同じ家で暮らさない？　お互いの家売っちゃって、もっと大きい家買う感じで」

「ああ。いいぞ」

そうしてお互いの持っていた家を売却して、もっと大きな家を建てた。優真もゆいもこのゲームの熟練者。豪邸と言えるような立派な家ができた。

「えへへ♪」

「ん？　どうした？」

「これからユーマと同じ家で暮らすの、なんかいいなって」

「そ、そうだな」

ゆいが言った『ユーマ』はあくまでもゲーム内のキャラのことだ。だがそういう風に言われると、なんだかこれから自分がゆいと同棲《どうせい》するみたいなことを想像してしまう。

そんな妄想を振り払って家の内装を設定していく。

「鍛冶台と転送陣は置くとして、他は何置こっか？」

「まあベッドは必須だろ。あとは俺、魔道士だから魔法系の施設が一通り欲しいな」

グランドゲートでは様々な家具を置くことで街のショップと同じ効果を持たせることができる。

地味ではあるがその利便性をよく知っている二人は、さっそく手分けして家を模様替えしていく。

「……っ」

「どうかした？」

「い、いや、なんでもない」

――思春期真っ盛りの男子高校生ゆえの妄想というか、寝室にベッドを置いた時にふと想像してしまった。

この広い家にベッドは一つしかない。つまり自分の分身である『ユーマ』と、ゆいの分身である『シュヴァルツ』は一緒に寝ているのだ。

そして二人は夫婦なのだから、当然そういう……。

……と、やばい妄想をしかけて慌てて振り払った。ゆいが隣にいる今そういう妄想をするのは流石にまずい。

「あ、そうだユーマ」

「ん？」

「子供、作ろ？」

――吹き出しそうになったがどうにか堪《こら》えた。

結婚と同時に実装されたのが子供に関することだ。結婚していると二人の能力を少しずつ受け継いだ子供を作ることができる（ちなみにゲームの設定的にはコウノトリが運んでくる妖精《ようせい》という扱い)。

……危なかった。下手に動揺したら気まずい雰囲気になるところだった。

「流石にまだ早いんじゃないか？　子供育てるのって相当お金かかるみたいだし」

「お金はだいじょうぶ。わたし、いっぱい持ってるから。だから作ろ？　作りたい」

そう言いつつ、まるでおねだりするように優真の二の腕をツンツンしてくる。

「なんかやけに積極的だな」

「ん。二人の子供、育ててみたい」

そう言われて、ふとゆいが自分の子供を膝《ひざ》にのせて愛《め》でている姿を想像してしまった。

公園のベンチに座ったゆいの膝にちょこんと小さな子供が座っていて、ゆいはその子を愛《いと》おしそうに抱いていて。

その子はこちらに気づくと嬉しそうに『パパ』って手を振って……。

(俺なに考えてんの⁉)

相当痛い妄想をしてしまって無理やり打ち切った。結婚のことで無意識に浮かれてしまっているのか、思考が変な方向に行っている。

何やら様子が変な優真にゆいはキョトンとした顔をしている。

「どうかした？」

「い、いやなんでもない。まあそういうことなら……作るか」

「ん。二人で頑張って育てようね」

「おう。それじゃあ……」

そうして子供を作ろうとした……その時だった。

†

ほんの少し時間は戻る。


優真の姉、杉崎《すぎさき》ネネはそっと自宅の扉を開けた。隙間から身体を中に滑り込ませると音を立てないように慎重に扉を閉める。

玄関に普段は見ない、優真のものより一回り小さな靴――ゆいの靴が並んでいるのを見て、ほんのり口元を緩めた。

（あの二人、うまくやってるかしら？　……邪魔しないようにしてあげないとね）

まだお店は開いている時間だが、ついうっかりスマホを家に忘れてしまったので取りに帰ってきたのだ。

とはいえ二人がイチャイチャしてるところに水を差すようなことはしたくない。忍び足で、気づかれないように廊下を進んでいく。

優真の部屋の前を通る時、かすかに二人の話し声が聞こえた。

(……どんな会話してるのかしら)

盗み聞きは悪いと思いつつも、好奇心と野次馬《やじうま》根性に逆らいきれなかった。思春期同士のイチャイチャとかネネの大好物である。

息を殺して、そっと耳をすます。――と。

「子供、作ろ?」

――ネネは優真の部屋の扉に張りついた。

「流石にまだ早いんじゃないか? 子供育てるのって相当お金かかるみたいだし」

「お金はだいじょうぶ。わたし、いっぱい持ってるから。だから作ろ? 作りたい」

「なんかやけに積極的だな」

「ん。二人の子供、育ててみたい」

(えっ? えっ? ……ちょ、えっ⁉ なんで⁉ いや確かに念のためにアレとか渡したけどいつの間にそんなとこまで進展してたの⁉ というか子供っていくら何でも早すぎない⁉ 最近の子ってそんな進んでるの⁉)

部屋の中から聞こえてくる会話にネネは目を白黒させていた。

「どうかした?」

「い、いやなんでもない。ままあそういうことなら……作るか」

〰〰っっ!?
!?

「ん。二人で頑張って育てようね」

「おう。それじゃあ……」

「ス、ストーップ!!」

ネネは部屋に飛び込んだ。二人の仲は応援しているがこれは流石に年長者として止めないわけにはいかない。

一方、いきなり大声を上げて飛び込んできたネネに優真とゆいは飛び上がりそうな程驚いていた。

「あ、姉貴⁉」

「そういうのはダメって言ったでしょ！　こ、子供とかは結婚してからやるもので！　どうしてもそういうことしたいならちゃんと避妊……ってあれ？」

ネネは目をパチクリさせる。パソコンの前に並んで座る二人はどう見てもそういう雰囲気ではない。

「あ」

そしてゲーム画面を見て察した。

「……えーっと。コホン。えへへ、おじゃましました。ごゆっくりー……」

ネネは愛想笑いを浮かべ、パタンと扉を閉めた。

†

（なんてことしてくれたんだよ姉貴……！）

――気まずい。

――非常に気まずい。

もう気まずくて気まずくて、ゆいの方をまともに見られない。

ゆいもゆいで、恥ずかしくてたまらないのか耳までまっ赤にして顔を両手でおおってしまっている。

「だ、大丈夫だからな⁉」

この空気をなんとかしたくて、優真は苦《くる》し紛《まぎ》れに声を上げた。

「姉貴がなんか変なこと言ってたけど俺はそういうのじゃないから！　その、お前のことは友達で！　妹分で！　女子として見てないから！」

そう言うと一瞬――ゆいが哀《かな》しそうな顔をしてギクリとした。

哀しそうな顔が見えたのは一瞬だけ。ゆいはすぐにいつも通りの笑顔を作る。

「だいじょうぶ。わたしもわかってるから。それよりゲーム、続きしよ？　ね？」

「お、おう」

そうしてゲームを再開する。

しばらくぎこちない感じは残ったものの、一時間もする頃には元の楽しい雰囲気に戻っていた。

ようやく【栄光のヴァージンロード】の攻略法を見つけてどうにかクリア。優真がハイタッチを求めると、ゆいも遠慮がちながらもぺちっと応《こた》えてくれる。

ただ……さっき見たゆいの表情が頭から離れない。

――女子として見ていないと言ったら哀しそうな顔をされた。それはつまり、ゆいは異性として意識してほしいと思っているのだろうか？　ついそんな、都合のいいことを考えてしまう。

そうしていると、ゆいのスマホが鳴った。

「あ、めぐちゃんからだ」

「飛鳥《あすか》から？」

「ん。えと……ちょうど今、めぐちゃんも名護《なご》くんと一緒にグランドゲートやってるんだって」

そう言ってゆいはスマホの画面を見せてくれた。

モンスターの大群に二人が押しつぶされるスクリーンショットが載っていて『こんなん無理や～』というコメントが添えられている。

「二人がやってるのって低難易度だよな？　低難易度でもこんだけ敵出るのか……」

「今回のイベント難易度高いよね。……ちょっとアドバイスしてあげよっか」

休憩がてら、飛鳥になんとアドバイスするか考える。親切心というのもあるが、初心者にいろいろ教えるのは上級者の楽しみ方の一つである。


『低難易度だったらショップで売ってるドラゴン花火使えばなんとかなると思うよ』

『ドラゴン花火？　なんなんそれ？』

『広範囲の敵に中ダメージっていうアイテム。わからなかったら名護くんに聞いてみて。たぶんそれ使って名護くんを援護するって形にすれば大群に押しつぶされることはなくなると思う』

『わかった。ありがとー』

そんな感じで攻略法をアドバイスする。こうやってゆいが他の友達と楽しそうにやりとりしているのはなんだか微笑ましい。――と。

『で、話変わるけどゆいちゃんはあれから杉崎くんとうまくやってるん？』

そのメッセージが来た瞬間、ゆいはものすごい勢いで優真からスマホを隠した。

「ち、違うから！　こ、これは……えっと、あの、ゲ、ゲーム！　めぐちゃんにユーマと一緒にゲームするって言ってあったからそれのことだから！　そ、それよりそろそろ休憩終わろっか？　続きしよ？」

「お、おう？」

何も言っていないのに早口でそう言われ、つい面食らってしまった。

その後も数時間ぶっ通しでプレイした。

「あ～、つかれたー」

「おつかれー」

椅子の背もたれにぐったりともたれかかる。目の奥が重い。楽しかったとはいえちょっと根を詰めすぎたかもしれない。ゆいもくてっとしてしまっている。

「流石にここらでいったん切り上げるか」

「ん……。ねえユーマ、ベッド、寝転がってもいい？」

「あ、ああいいぞ」

ゆいは疲れきったような足取りでベッドの方に行くと、ポフンと倒れ込む。だがすぐにパッと起き上がった。

「どうした？」

「う、ううん。何でもない」

ゆいはそう言って、今度はおずおずと遠慮がちに寝転がった。

……自分のベッドでゆいが寝転がっている。こんなことですらドキドキしてしまって困る。

「疲れ目って温めるといいから、ホットタオル作ってくる」

そう言い訳して部屋を出た。キッチンに行って、絞ったタオルを電子レンジで温める。

疲れ目には温めるのが効果的で、こうやって温かいタオルを作ってしばらく目にのせておけば多少は楽になる。ゲーマーのちょっとした豆知識だ。

……電子レンジが回ってる間、優真は深呼吸してどうにか気持ちを落ち着けようとしていた。部屋に戻ればゆいが……好きな女の子が自分のベッドに寝転んでいる。そう思うとどうしてもつい変に意識してしまう。

別に襲いかかったりはしないが、やはりそんな無防備な姿は目の毒だ。ゆいも少しぐらいは自分が男子高校生の家に二人きりでいるという自覚を持ってほしい。

そんなことを考えていると、チーンと音がして電子レンジが止まった。タオルがほどよく温まったのを確認して部屋に戻る。——と。

「……ゆい？」

ゆいは枕《まくら》を抱きしめて眠っていた。ベッドの上で身体を丸め、安らいだ表情でスヤスヤと寝息を立てている。

（なんで俺の枕抱いてるんだよ……）

起こそうかとも思ったが、あまりに気持ちよさそうに寝ているのでしばらく寝かせておくことにした。どうせ休憩するつもりだったし少しくらいいいだろう。

優真もベッドの空いたスペースに腰を下ろし、ホットタオルを目に当てる。

じんわりと熱が伝わってきて目の血管がほぐれていく感じがする。気持ちいい。

そうしながら、ちらりとゆいの方をうかがった。

……好きな女子が、自分のベッドで眠っている。手を伸ばせば、簡単に触れられる。ゆいの身体は乱暴に扱ったら壊れてしまいそうなほど華奢で、なのにすごく柔らかそうで……。

――『触れてみたい』なんてつい心の片隅で思ってしまった。慌てて目をそらす。けれど心臓が鳴り止まない。

「…………」

ゆいは幸せそうな寝顔で、ギュッと優真の枕を抱きしめている。その寝顔は本当に無防備で、あどけなさがあって……まるで大好きな人と抱き合って安心しているような、そんな雰囲気がある。

その姿を見ていると、少なくともまだ悪いことはしていないのに何故か罪悪感が湧《わ》いてきてしまう。

もう少し寝かせておいてあげるつもりだったが、起こすことにした。

「おい、ゆい。起きろー」

「う……んん……」

肩を摑《つか》んで軽く揺らすと、ゆいが薄く目を開けた。ほわほわした表情のまま優真を見上げる。

「あれ……また寝ちゃってた?」

「ああ。お前ってよく寝るよな」

「ん……ごめん」

「いや別に怒ってないけど」

「体力ないからかな？　夜更かししたり疲れたりするとすぐ眠くなっちゃって……」

ゆいはベッドの上に座り直すとかわいらしくあくびした。

一方の優真はなんとも複雑そうな表情で、少し迷った後口を開く。

「……寝てたこと自体はいいんだけど、もうちょっと警戒しろよ」

「え？」

「俺は男で、しかもここ俺の部屋だぞ？　変なこととかしたらどうするんだよ？」

「ほ、他の人の前じゃこんなことしないから。そ、それにユーマは、変なこととかしないでしょ？」

ゆいはそう言うと、ほんのちょっぴりすねたような顔をした。

「ユーマ、わたしのこと……女の子として見てないって、言ってたし……」

「あ、あれは……その……」

少しの間、二人の間に沈黙が流れる。

「……………ごめん。嘘《うそ》ついた」

「え？」

「その……女子として見てないって言ってたけど、あの空気をどうにかしたくて嘘ついた。その……実際は、その……俺も男なんで、あんまり無防備でいられると………困る」

「〜〜〜っ」

ゆいはボフンとベッドに倒れ込んだ。再び枕に顔を埋めてしまったので表情は見えないが、たぶん恥ずかしがっている。

「……なんかごめん」

「だ、だい、じょうぶ。男の子ってそういうものって、わかってるから。そ、それに………」

枕から少しだけ顔を離し、ちらりと優真の方を見る。

「……ユーマになら、ちょっとくらい、そういう目で見られても……イヤじゃないから」

ゆいはそこまで言って、また枕に顔を埋めて丸くなってしまった。

優真も顔が熱くて、ゆいを見ていられなくて視線をそらした。

「お前、ホントそういうとこだぞ……」

八話　甘い一時と自制心

「そういえば今日の晩ご飯ってどういう予定？　ユーマがいいなら、わたしまた何か作るよ？」

外が暗くなり始めた頃、ゆいがそう聞いてきた。

「たしか姉貴がカレーの材料冷蔵庫に入れとくから二人で作って食べろって言ってたな」

「ん。カレー。わかった」

「ちょっともったいない気はするけどな」

「もったいない？」

「なんというか市販のカレーって良くも悪くも、誰《だれ》が作ってもそんなに味変わらないだろ？　せっかくゆいが作ってくれるのに何となく惜しいというか……」

カレーライス。どう作っても美味《おい》しいし何回かに分けて食べられることから優真《ゆうま》の家でもおなじみのメニューだ。

……好きではある。好きではあるのだが、せっかく料理上手なゆいが作ってくれるのだからちょっともったいない気がする。

そのことを話すとゆいはくすぐったそうに顔を綻《ほころ》ばせた。

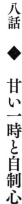

「ユーマ、そんなにわたしの作ったお料理、気に入ってくれてたんだ」

「まあ実際美味《うま》いし」

「ふふ、わたしがお弁当に『ちょっと入れすぎたかな?』って思った時でも綺麗《きれい》に食べてくれるもんね」

「いつもお世話になってます」

「気にしないで。ユーマが美味しそうに食べてくれるの、わたしも嬉《うれ》しいから。ユーマが食べてくれるなら三食毎日でも——」

そこでゆいは急に言葉を止めた。頬《ほお》を染めて向こうを向いてしまう。

「どうした?」

「なんでもない……。えと、じゃあとりあえずキッチン行こ? 冷蔵庫の中も見たいし」

「おう」

何か引っかかったがとりあえず二人でキッチンに向かった。

冷蔵庫を開けるが……中身が充実しているとは言い難《がた》い。とりあえずカレーの材料に冷凍食品。あとは卵に調味料に、ジュースとネネの晩酌用の酒くらいだ。

「足りないものとかあるか? なんだったら近所のスーパーまで買いに行くけど」

「ううん。だいじょうぶ」

ゆいは冷蔵庫の中を見ながら真剣な表情で何かを考えている。そして少しすると小さく頷《うなず》いた。

「オムカレーにするのとか、どうかな?」

「オムカレー?」

「ん。トロトロ卵のオムライスってわかる?」

「あー、たぶんテレビで見たことある。ご飯の上にのせたオムレツに切れ込み入れたらトロッて広がるやつ?」

「ん。あれにカレーかけて食べるの」

「……絶対美味いやつだなそれ。というかあのオムライスって家で作れるのか? あれレストランとかで出てくるもんだと思ってたけど」

「コツさえ摑《つか》んだら簡単だよ?」

「お前マジで料理うまいんだな」

「えへへ。いつかユーマに食べてもらおうって思って練習した」

「…………」

心の中で『だからホントそういうとこだぞ』と呟《つぶや》きつつ、二人で早速料理に取りかかる。

オムレツの方は食べる直前に作るとのことなのでまずはカレー作りからだ。

二人で野菜を一口大に切ったり、肉をフライパンで炒めたりしていく。

「ちなみにゆいってカレールー使わずにカレー作ったりできるのか?」

「んー、できるけどカレールー使った方が安いし簡単だからあんまりやらない」

「そこら辺は現実的なんだな」

「わたしのはお店で出すんじゃなくて家庭料理だしね。あと市販のカレールーが値段の割に美味しすぎる。どう作っても美味しいもん」

「企業努力の賜物《たまもの》か」

「ん。けど、市販のカレールー使って、具材でいろいろしたりはするよ？　野菜カレーとかシーフードとか。あとはいろんな隠し味を試してみたり」

「隠し味って言うとコーヒーとか、リンゴと蜂蜜とかそういうやつ？」

「そだね。他にはバナナとかチョコレートとか、変わったのだとかりんとうとか」

「かりんとうってあのかりんとう？」

「ん。黒糖のやつ。溶けるまで時間かかるけどけっこう美味しかった」


そんな風に話しながら下ごしらえを終え、鍋に投入。しばらく煮込んでからさらにカレールーを入れ、ゆっくりかき混ぜる。

優真がカレーをかき混ぜている間、頃合《ころあ》いを見てゆいはオムレツの方に取りかかった。

溶き卵をフライパンに流し込むと慣れた動きでフライパンを動かし、あっという間にふわふわのオムレツを仕上げてみせた。普段の姿とはまるで別人である。

オムレツを皿に盛ったご飯の上にのせ、切り込みを入れる。

すると半熟でトロトロの卵がとろりとご飯の上に広がった。さらにそこにできたてのカレーをかければトロトロ卵のオムカレーの完成だ。

「おお……」

優真は思わず小さな歓声を上げる。できあがったオムカレーはそのままレストランで出しても通用しそうなできばえだ。

――と、ちょうどその時だ。玄関の扉が開く音がして「ただいまー」というネネの声が聞こえてきた。いつも帰ってくる時間より少し早いが、たぶん自分達のことが心配で早めに帰ったのだろう。

ひとまず料理の方はいったん置いておいて、玄関に出迎えに向かう。

「おかえり」

「えと、おじゃましてます」

「ふふ、いらっしゃい。ゆいちゃんがこうして出迎えてくれるってのもなんだか新鮮でいいわね～」

ネネはにこやかにそう言うとクンクンと鼻を鳴らす。

「いい匂《にお》い。カレー作ってるところだった？」

「ああ、ちょうどできたところだけどすぐに食べるか？」

「うん。ちょうどお腹《なか》ペコペコ」

「ちゃんと手洗ってうがいしろよ？」

「はいはい」

先にゆいと二人でリビングに戻り、夕食の準備をする。少しするとネネもやってきた。

「……え。これゆいちゃんが作ったの⁉」

ネネはテーブルにあるオムカレーに目を丸くする。そういえばネネにはゆいが料理上手だと言ったことがなかった。ゆいは照れくさそうに少し顔を伏せる。

「ネネさんのも卵トロトロにしてだいじょうぶですか？　しっかり火を通した方がいいならそうしますけど……」

「ううん。わたしもトロトロで。わ～、こんなの家で作れるんだ～。んふふ、ゆいちゃんは将来いいお嫁さんになれるね～」

「あ、ありがとう、ございます……」

「喋《しゃべ》ってないで準備手伝え」

ますます照れくさそうにしているゆいに対し、優真はぶっきらぼうにそう言った。

……確かに、ゆいはきっといいお嫁さんになるだろう。けど今はそういう話は勘弁してほしい。想像すると顔に出てしまいそうだ。

何はともあれ料理をテーブルに運んで席について、三人で「いただきます」と手を合わせる。

早速スプーンですくって口に頬張《ほおば》るとトロトロの卵とカレーの旨味が口の中いっぱいに広がった。

「ユーマ、どうかな？　美味しい？」

「めっちゃ美味い」

「えへへ、よかった」

ゆいの表情がへにゃりと、嬉しそうに緩《ゆる》む。そんな笑顔を見ているとまた頭を撫《な》でたいなと思ってしまう。ネネの前なので絶対やらないが。

「にしてもお世辞抜きで美味しいわね。ゆいちゃんこんなにお料理得意だったんだ」

「ん、お粗末さま、です」

「謙遜《けんそん》しない。これはホントに胸張っていいレベルだから」

そう言ってネネはニヤリといたずらっ子のような笑みを浮かべた。

「こんなに美味しいなら、ゆーくんのお弁当とか作ってくれたりしないかしらね～♪」

「え？　もう毎日作ってきてますけど……」

「へ？」

キョトンとした顔をしたゆいに対し、優真は片手で顔をおおっていた。ネネに言ったら絶対からかわれるのでお弁当のことは言っていなかったのだ。

目をパチクリさせていたネネの顔がニマニマしたものに変わっていく。

「ゆいちゃん。いつでもうちにお嫁に来てくれていいからね？」

「変なこと言ってないで黙って食え！」

そんなこんなあったが、食べ終わった後片付けはネネが引き受けてくれた。

優真とゆいは部屋に戻ると、床に置いたクッションに腰掛けまったりと食休みをしていた。……食休みと言っても、二人ともスマホでグランドゲートをやりながらアイテム整理や雑談をしているが。

「ゆい、このスキルとかどうだろ」

そう声をかけるとゆいは優真のスマホを覗《のぞ》き込む。

「んー……。あ、よさそうだね。それだと組み合わせでこっちのスキルとか……」

……そうやってゆいが覗き込んでいる間、ゆいがこちらにもたれかかってくるような形になった。

ゆいの肩が優真の二の腕に当たる。ゆいの髪から花のようないい匂いがする。そんな些細《ささい》なことでも嬉しくて恥ずかしくて……ドキドキしてしまう。

ただ、問題はその後だった。

覗き込むのをやめた後でも、ゆいの距離が縮まったままなのだ。

相変わらずゆいの肩と優真の二の腕が当たっている。ゆいは軽く身体を傾《かたむ》け、優真の方にもたれかかってきている。

——もしかしたらゆいも、こうやってくっついているのが幸せだと思ってくれているのだろうか？

ついそんなことを考えてしまって、頬が熱を持つのを感じた。

こっそりと、ゆいの様子をうかがう。するとゆいの顔も赤くなっているのに気づいた。

（……ゆいも、照れてるのかな？）

なのにこうしてゆいの方からくっついてきてくれている。そう思うと胸がキュンとしてしまった。もっと近づきたいと、思ってしまった。

……と、ゆいがそっと、片方の手を二人の間に置いた。

ゆいを見ると、ゆいは何事もないかのようにもう片方の手でスマホを操作し続けている。だがその頬はさっきよりも赤くなっている気がした。

……都合のいい思い込みかもしれないけれど、手を繋《つな》ぎたいのかなと、そう思った。

優真も片手でスマホを操作しながらもう片方の手を二人の間に置き、ゆいの手に小指でちょん、と触れてみた。

このまま触れていてもいいか確認するようにジッとゆいの反応を待つ。するとゆいも同じように触り返してくれた。

……勇気を出して、ゆいの手に自分の手を重ねる。

ゆいの身体が硬直したのは感じたけれど、逃げたり嫌がったりするそぶりはなかった。

それどころか、ゆいは手を回して手の平を上にした。どちらともなくそっと指を絡《から》めて、恋人繋ぎにする。ゆいが自分を受け入れてくれた感じがして嬉しかった。

手を繋ぐのはもう何度もやったけど、いつもよりドキドキしている。

自分の部屋というプライベートな場所で二人きりだからか、いつもより空気が甘く感じる。

横目で様子をうかがうと、ゆいはもう耳までまっ赤になっていた。

——明らかに恥ずかしがっている。なのに、こうして自分と手を繋いでくれている。

……こうしているのが幸せだと、ゆいも感じてくれているのだろうか？

優真の方も恥ずかしくてたまらない。……なのに、もっとしたい。もっとドキドキしたい。

ゆいにも、幸せだと感じてほしい。

二人とも、もうスマホはまったく操作していなかった。お互いに感触を確かめるように、あるいは手の温《ぬく》もりを伝えようとしているかのように、手を握り合う。

ゆいの手は自分より一回り小さくて、あまり強く握ると壊れてしまいそうで、それがなんだかすごく愛《いと》おしくて……。

「……ユーマ」

不意に名前を呼ばれて、優真はビクリと身体を震わせた。

「ん？　ど、どうした？」

「……頭、撫でてほしい」

「え？」

　一瞬、ゆいが何を言ったのかわからなかった。けれど言葉の意味を理解すると、嬉しい気持ちが一気にわき上がってくる。

「じゃあ、撫でるぞ？」

「ん……」

　ゆいは目を閉じて、優真の方に頭を傾《かし》げる。優真はスマホをテーブルに置くとそっとゆいの髪に触れた。

「あ……」

　そのままふわふわと、ゆいの頭を優しく撫でる。

　さっきは自分の方から触ったけれど、今度はゆいの方から撫でてほしいと言ってくれた。

　それはなんだか、お互いの気持ちが通じ合ったような気がして、すごく幸せな気持ちになる。

　ゆいは気持ちよさそうに優真に撫でられるのを堪能している。こうしていると何となく猫っぽいなと思った。

　……少し手を下にやって、頬を撫でてみる。

　ゆいはくすぐったそうに笑って、優真の手に頬ずりするように頭を動かす。指にきめ細かな肌の柔らかさが伝わってくる。

（なんだこのかわいい生き物……）

ゆいは目を閉じて、幸せそうに優真のなすがままになっている。

自分のことを心から慕ってくれているのがわかる。そんなゆいのことがどうしようもなくかわいくて、愛《いと》しくてたまらない。

……抱きしめたい。自分のものにしたい。そんな風にも、思ってしまう。

「ゆい……」

「ん……なぁに？」

甘くとろけたような声。……たぶん、『抱きしめたい』と言えばゆいは受け入れてくれるんだろう。

けれど自分とゆいはあくまでも友達同士だ。手を繋ぐだけでもどうかと思うのに、そこまでしてもいいものなのだろうか？

それに……一度でもブレーキを緩めたら、もう止まれなくなってしまうかもしれない。

だけど、言ってしまいたい。『抱きしめたい』。『いつまでも友達のままなんて嫌だ』。『好きだ』『恋人になってほしい』と。

そんな言葉が喉元《のどもと》まで出かかったところで――コンコンと、部屋の扉をノックする音がした。二人してびくりとして、パッと手を離してしまう。

「ゆーくん、ゆいちゃん、お風呂《ふろ》わいたから入ってね～」

「あ、ああ。わかった」

部屋の外から聞こえたネネの声にそう返事する。

「……………風呂、わいたみたいだな」

「……ん」

「先に入るか？　お客さまだし、一番風呂は譲るぞ？」

「ん。じゃあ、先にお風呂、もらうね？」

「ああ。前にシャワー浴びたことあったから場所はわかるな？」

「うん。それじゃ、行ってくるね」

ゆいはそう言って頬を染めたまま、パタパタと部屋を出ていった。

「はーーー…………」

ゆいを見送った後、優真は大きく息を吐いてぐったりと脱力した。

水を差されて助かったような、残念なような、複雑な気分だった。

胸が苦しい。ゆいのことが愛おしくてたまらない。このままゆいを好きになり続けたら、自分はいったいどうなってしまうんだろうか。

「水でも飲んで落ち着こう……」

自分に言い聞かせるように声に出して、優真はリビングに向かった。

†

「はーー………」

ゆいはお湯に肩までつかりながら、肺に溜《た》まった空気を全部吐き出した。まだ胸がドキドキしている。

……優真に撫でられるの、最高だった。こうして離れてしまったのが寂《さび》しく感じるくらい幸せだった。

(……大丈夫だよね？　ちょっと大胆になりすぎた気がするけど、引かれたりしてないよね？)

少し冷静になって反省会。優真のことが大好きで、一緒にいるのが幸せで、ちょっと暴走気味というか普段なら恥ずかしくて絶対やらないようなことまでやってしまった気がする。

けれど、優真はそれに応《こた》えてくれた。振り返ってみてもいい雰囲気だったと思う。

……ちょっと恥ずかしいけれど、女子として見ているとも言ってもらえた。きっとドキドキしてくれた。

「……えへへ♪」

好きな人が自分でドキドキしてくれるのがこんなに嬉しいものだなんて知らなかった。ついつい顔が緩んでしまう。

「好き……大好き……ふふ♪」

小さく声に出してみる。そうしているとまた、優真への愛しさが溢《あふ》れてくる。

もっともっと、ドキドキしてほしい。女の子として意識してほしい。

ただ、暴走はしないようにしないといけない。

今はまだ、優真に自分の気持ちに気づかれたくないというのもあるし、何より恥ずかしい。

さっき自分がしていたことも思い出すと悶《もだ》えそうになる。

(というかわたし……今、好きな男の子の家でお風呂入ってるんだよね……)

そう思うとなんだか急に緊張してきた。

……そういえば、前に優真の家でシャワーを浴びたことを言ったらお父さんにずいぶん心配されたことがあった。

無防備すぎるとか、もっと警戒心を持てとか、あと男はオオカミだとか優しく見えても下心がどうとか言われた。

(……ユーマも男の子だし、やっぱり……興味あるのかな……?)

そっと、自分の肌に触れる。

——絶対言わないけど、絶対やらないけど、もしも『お風呂一緒に入ろ?』って誘っていたら、優真はどんな反応をしただろうか。

(…………何考えてるのわたし⁉)

ゆいは顔をまっ赤にして、恥ずかしさをごまかすようにお湯をバシャバシャかき混ぜる。いくら何でもこんなことを考えるなんて暴走しすぎだ。

……と、そんな時だった。

「ゆい」

「ひゃいっ⁉」

脱衣所の方から聞こえた優真の声に、ゆいは飛び上がりそうになった。

「ユ、ユーマ⁉　ど、どどどうしたのっ⁉」

「いや、お前着替え忘れただろ」

「え？　……あ」

「とりあえずカバンごと持ってきたからここ置いとくな？　中身は見てないから」

「う、うん。ありがとー……」

優真の気配が去っていく。ゆいはまっ赤になったまま、顔を半分お湯につけてぷくぷくさせていた。

——あり得ないとわかっているのに、一瞬優真が入ってくるんじゃないかと思ってしまった。

そこから気持ちを落ち着けるまでずいぶんかかってしまって、お風呂から上がった時にはすっかりのぼせてしまっていた。

†

リビングのソファーに寝転がってぐったりしているゆいを団扇《うちわ》であおぎながら、優真はそう声をかける。

「ゆい、大丈夫か~?」

「だい……じょうぶ……」

「あんまり長湯しすぎるのは身体に毒だぞ?」

「ちょっと、かんがえごと……してた……」

「気をつけろよホント。のぼせて倒れたりしたら笑えないぞ」

「ん~……」

ちなみにネネは一応気をきかせてくれているのか、もう部屋に引っ込んでしまった。こうしてゆいと一緒にいるところを見られるのは未《いま》だに恥ずかしいので、正直ありがたい。

……くてっ、と脱力したゆいの姿は、どこか艶《なま》めかしい感じがした。

のぼせて火照《ほて》った肌に、ぼんやりした表情。

着ているパジャマはボタンを二つ緩めていてそこから白い肌が覗いている。

それにこうして寝そべっていると、どうしてもゆいの細さとか、女性らしい膨らみなどを意識してしまう。

……これ以上見ているのは目の毒だ。

「俺《おれ》も風呂入ってくるから、ゆっくりしてろよ？」

「ん……あ、ユーマ……喉《のど》渇いたんだけど、飲み物もらっていい？」

「ああ。冷蔵庫にジュース入ってるから。自由に飲んでくれ」

「ん。ありがと～」

そうして足早に風呂に向かう。

……服を脱いで風呂場の扉を開けると、いつもとは違う甘い香りがしてドキドキしてしまった。

なるべく意識しないように掛かり湯をしてお湯につかる。……けれど優真も思春期の男子高校生。しかも好きな女子がついさっきまでこのお湯につかっていたのだ。

……ついつい、頭の片隅で想像してしまう。

「～～～～～～っっっ」

結局、優真も落ち着くまで時間がかかって、かなり長風呂してしまった。


若干のぼせてリビングに戻ると、ゆいが床に座り込んでいた。

「ゆい？　どうした？」

「ん……、ふえ……？」

ゆいがほわほわした声で優真の方に視線を向ける。その目はとろんと眠たげで、座っているだけなのにずっとゆらゆらと揺れている。

「どうかしたの……？」

「いやお前がどうし……酒くさっ⁉」

その匂いに気づき、優真はハッとしてテーブルを見た。

そこにあったのは『ストレンジ　ネオ』。ジュースのような飲みやすさに対して非常に高いアルコール度数で知られる、紛《まぎ》れもないお酒である。

休日によくネネが飲んでいるのだが、状況から察するにゆいがジュースと間違えて飲んでしまったのだろう。

「ゆ、ゆい？　大丈夫か？」

「えへへへへ　だいじょうぶだよ～？」

ゆいはへらへらと笑いながらそう返事する。……ちょっとダメそうだ。

「姉貴～！　ちょっと来てくれ～！」

「ん？　どうしたの～？」

「ゆいが間違えて酒飲んだ～！」

「え、マジで？」

部屋にいたネネがパタパタとリビングに来る。ぽ～っとしたゆいの様子を確認すると「あちゃあ……」と顔をしかめた。

「ごめん。一言言っとくべきだったわね……。というかお酒、半分も飲んでないのにこうなるってゆいちゃんよっぽどお酒弱いのね」

「どうしよう?」

「とりあえずお水かしら」

「わかった」

さっそくコップに水をくんで持ってくる。

だが、コップを差し出してもゆいはそれを見つめるだけで受け取ろうとしない。

「……のませて?」

「あ、ああ」

へにゃりと浮かべた無防備な笑顔に甘えた声。普段とは違う姿に『これはこれでかわいいかもしれない』とチラッと思ってしまった。

そっと口元にコップを持っていく。

ゆいの桜色の唇がコップにつく。軽く傾けるとこくり、こくりと少しずつ水を飲んでくれる。

……介抱しているだけなのに何故《なぜ》かすごくドキドキしてしまう。

「えへへ……おみず、おいし～……」

そうしているとゆいが眠たそうにウトウトし始めた。

しめた、と思った。一晩寝れば酔いも覚めるだろう。

「ゆい、眠いか？」

「ん……」

「じゃあベッドで寝ような。歩けるか？」

「だっこ……」

「……はい？」

ゆいは優真を見上げ、手を伸ばしてくる。

「ゆーま、だっこ、して？」

「い、いや流石《さすが》にそれはちょっと……わ⁉　こ、こら⁉」

「えへへ♪　ぎゅ～♪」

ゆいは優真の首に手を回し、ギューッと抱きついてくる。それだけでは飽き足らず、ほっぺたとほっぺたをくっつけて愛おしそうに頬ずりしてくる。柔らかくてすべすべの肌の感触が気持ちいい。

普段のゆいならこんなこと流石にしないが、今は酔っ払っているせいか甘え方に加減がない。

「あ、姉貴！　たすけて！」

「ゆいちゃ～ん？　ほら、私が抱っこしてあげるから、こっちおいで～？」

「や～、ゆーまがいい～」

ゆいはそう言ってますますくっついてくる。……ゆいからはまだ、お風呂上がりのいい匂いがする。

それにゆいはパジャマで……おそらくはブラジャーをつけてなくて……柔らかい感触が……。

このままではこっちの精神がもたない。優真は短期決戦に切り替えることにした。

「じゃ、じゃあ抱っこするからな⁉　いいな⁉」

「ん～♪」

可能な限り変なところには触れないように気をつけながら、ゆいの身体を持ち上げる。

「とりあえず私のベッドで寝てもらいましょうか」

「ああ」

「……それとも、自分のベッドで寝てほしい？」

「怒るぞ」

そのままネネの部屋まで行った。

抱っこした体勢のましゃがんで、ゆいをベッドに座らせる。けれど首に回した腕はなかなか離してくれない。

「ほら着いたぞ。もう寝よう。な？」

「や～……」

ゆいはさらに力を込めてギュッと抱きついてくる。正直、こうやって甘えてきてくれるのはかわいいし嬉しい。だが男子としてちょっといろいろとたまらないものがあるのでそろそろ勘弁してもらいたい。

ネネは微笑ましそうにクスクス笑っている。

「スポーツドリンクでも買ってくるわ。ゆいちゃんのことお願いね？」

「あ、ああ」

「……変なことしちゃダメよ？」

「早く行け！」

ネネが部屋から出ていくのを見送って、ゆいの方を見る。

ゆいはまだ離してくれない。「えへへ～♪」と幸せそうに優真に抱きついている。

（かわい……）

そんな姿も愛おしい。正直言って心臓に悪いが、こうしている時間も幸せだと感じてしまう。

「ね……ユーマ……」

「ん？　どうした？」

「…………好き」

――心臓が止まったんじゃないかと思った。

ゆいは優真の首に回していた腕を緩めると、とろんとした目で、今度は至近距離でジッと優真の顔を見つめる。

「好き……大好き……」

まるで追い打ちをかけるように、ささやくような甘い声で繰り返してくる。

これはあくまでも友達としての好き。あるいは酔っ払いの戯言《ざれごと》。自分にそう言い聞かせていないとどうにかなってしまいそうだった。

「ユーマは……わたしのこと、好き……？」

「……………うん」

「えへへへ……♪　うれしい……すっごくうれしい……」

そう言って、本当に嬉しそうに笑ってくれた。

バクバクと心臓が鳴っている。

ゆいはジッと優真の顔を見つめている。

――甘い声や幸せそうな笑顔もまずいが、一番まずいのはこの体勢だった。

ゆいが優真の首に手を回した今の体勢は……まるでこれからキスでもするみたいで、ついゆいの唇に視線が行ってしまう。

……キスしたいと、そんなことを思ってしまった。

「………キス、するの？」

「――っ⁉」

ゆいの言葉にまた心臓が跳ねるのを感じた。

「い、いや、ちが……っ」

「……いいよ？」

ゆいはそう言って目を閉じた。

優真はいよいよ声の出し方も息の仕方も忘れてしまった。

ゆいは目を閉じたまま、優真がキスするのを待っている。

無理やり引っぺがそうと思えばすることもできた。だがまるで石にでもなってしまったかのように身体が動かない。

――そういうことをしたいという欲求は確かにある。でもそれ以上にゆいを大事にしたい。傷つけたくない。こんな形でゆいの……おそらくはファーストキスを奪うなんて絶対ダメだ。

……頭ではそう思っているのに、理性が溶けていくのを感じる。心臓が早鐘のように鳴っている。

今すぐ、無理やりにでもゆいから離れて自分の部屋に戻るべきだ。それが正解のはずなのに動けなくて。気がつけば、まるで吸い寄せられるようにゆいに顔を近づけて――。

「…………ゆい？」

唇が触れ合う直前、様子がおかしいことに気づいて声をかけた。だが返事はない。ゆいは目を閉じたまま、すぅ、すぅ、と寝息を立てている。

「…………」

自分の首に回されていたゆいの腕をほどいて、そっとベッドに横たえた。

すやすやと眠っているゆいに布団《ふとん》を掛け、足早に自分の部屋に戻る。

自室に入ると後ろ手に扉を閉めて、そのまま扉にもたれかかってずり落ちるようにその場にしゃがみ込んだ。

(ダメだろ……今のは……)


翌日の早朝。

優真はぼんやりしながら洗面所で歯を磨いていた。

鏡に映った顔は目の下に隈《くま》ができていてどんよりしている。昨日は一晩中ベッドでのたうち回っていたから当然と言えば当然だが。

……昨晩のことを思い出すと、ものすごい罪悪感が湧いてくる。

ゆいが自分にいつも無防備に甘えてくれるのは、親友として自分のことを信頼してくれているからだ。

……その信頼を裏切って、キスしそうになった。あそこでゆいが眠ってしまっていなければ確実にやっていた。ゆいの大切なファーストキスをあんな形で奪ってしまうところだった。

沈んだ気持ちのまま歯を磨き終わって口をゆすぐ——と。

「ユーマ、おはよー……」

とてとてと、歯ブラシを持ったゆいが洗面所に現れた。

「お、おはよう」

「となり、いい？」

「あ、ああ」

ゆいはウトウトした様子のまま、優真の隣に並んで顔を洗う。何でも血圧が低くて朝が苦手らしい。

「……あ、ユーマ、昨晩のことなんだけどさ」

タオルで顔を拭きながらかけられた言葉に、優真はギクッと身体を硬直させた。

「わたし、何か変なこととかしてないよね？」

「お、覚えてないのか？」

「ん……。間違えてお酒飲んじゃったのには気づいたんだけど、そっからのこと全然覚えてなくて……」

「そ、そうか……」

事情を話して土下座して謝るべきなのか、それとも何もなかったことにするべきなのか、優真は頭を悩ませる……と、その時だ。

「……あ!? ちょ、ゆい!?」

「ん？」

ゆいは歯を磨く前に口をゆすごうとしたのだが……寝ぼけていたせいか、ついさっき優真が使っていたコップに口をつけてしまったのだ。

少し遅れてゆいも気づいた。たちまち顔を赤くして、すぐに口を離す。

「ご、ごめんなさい！」

「い、いや大丈夫！　普段から姉貴と一緒に使ってるし別にそれくらい気にしないから！」

本当はものすごくドキドキしてしまっていたが、つい照れ隠しでそう言ってしまった。

するとゆいは、何か気に障ったのか少し不満そうな顔をしている。

「……ネネさんと一緒に使ってるんだ？」

「え？　まあ、うん」

ゆいは頬を染めたままジッとコップを見つめ、チラリと優真の方をうかがった。

「……き、気にしないんだよね？」

「あ、ああ……」

ゆいはそう聞くと、顔を耳までまっ赤にしながら、もう一度コップに口をつける。

――もう見ていられなかった。優真は逃げるようにリビングの方に行ってしまった。

◆幕間◆　まだ心の準備ができてない

お泊まりの日から数日が経《た》った。

「わたし、何かユーマに悪いことしちゃったのかな……」

「うーん。やけど別にケンカとかしたわけじゃないんやろ？」

学校の昼休み。ゆいと飛鳥《あすか》は校舎裏で二人で話していた。

どうも最近、優真《ゆうま》の様子が変なのだ。

距離を取られているというか、以前のように甘やかせてくれない。

それでしょんぼりしてしまったゆいを見かねた飛鳥が『何か悩んでるんやったら相談乗るで？』と言ってくれたのだ。

恋の悩みを誰《だれ》かに話すのは正直恥ずかしかったが、それ以上に誰かに話してアドバイスをもらいたかった。

「ちなみに最近杉崎《すぎさき》くんが素っ気ないってどんな感じなん？　学校では普通に喋《しゃべ》ってるように見えるけど」

「えと……普通に話してはくれるんだけど、あんまり目を合わせてくれないっていうか……」

「ふんふん」

「それに、最近登下校の時とか手を繋《つな》いでくれなくて……」

「……待って。じゃあ今まで手繋いだりしてたん？」

「え？　う、うん」

「…………」

飛鳥がすごく何か言いたげにしていたが、とりあえず続きを促す。

「まあええわ。じゃあ何かそういうきっかけになるようなことって心当たりないん？」

「ん……。ユーマの様子がおかしくなったのは、ユーマの家にお泊まりしてからで……」

「……いや待って⁉　お泊まりしたん⁉　杉崎くんの家に⁉」

「う、うん……」

「…………エッチなこととしたん？」

「へ⁉　し、してない！　してないよ⁉　た、ただ、その、ユーマに意識してほしくていろいろしてたから、もしかしたらそれで何か……」

ゆいはワタワタしながら否定する。一方の飛鳥はハーッと深いため息をついていた。

「なんか真面目《まじめ》に心配しとったんがアホらしくなってきた……」

「えと……めぐちゃん？」

「あー、ゆいちゃん。それたぶん全然心配せんでいいやつやから。むしろうまくいってるやつやから。好き避けってわかる？」

「……好き避け？」

「うん。好きな子のこと意識しすぎて、恥ずかしくて目を合わせられんとか素っ気なくしちゃうとかそういうやつ。たぶん杉崎くんそれやから」

「…………ふえっ⁉」

ゆいが変な声を上げた。たちまち顔がまっ赤になる。

「え、いや、あの、ユーマが？　で、でもそんな……」

「ゆいちゃんは杉崎くんのこと好きになった時そういうことなかった？　恥ずかしくてうまく話せなくなったり目え合わせられなくなったり」

「……ある、けど。だけどユーマがそんな……」

「ゆいちゃんはもっと自分に自信を持ちやって。ゆいちゃんめっちゃかわいいねんし、手繋いだりお泊まりまでしてるんやったらむしろ好きにならん方がおかしいって」

「で、でも……」

「もういっそ告白してもいいんちゃう？」

「こ、告白っ⁉」

「いや何驚いてるんよ。杉崎くんと付き合いたくて頑張ってきたんやろ？」

「そ、そうだ、けど……」

確かにゆいは優真の恋人になりたいと思っていた。しかしそれは、心のどこかで遠い目標のように感じていた。

だが……もし優真が本当に自分のことを好きなら、もう告白したら恋人になれるわけで、そんなのまだ全然心の準備ができていなくて……。

（ユーマが……わたしと…………～～～～っっっ）

「あれ？　ゆいちゃん？　お～い？」

――結局ゆいは、恥ずかしがってその後何も言えなくなってしまった。

EPILOGUE ◆ エピローグ

それからさらに数日。

「あー……五月になったら中間試験とかあるけど、お前中学ほぼ行ってないんだったよな。大丈夫そうか？」

「ん……。たぶん……」

学校からの帰り道。優真《ゆうま》とゆいは駅から家までの道を歩きながらそんなことを話していた。

「苦手教科とかあるか？　俺《おれ》も名護《なご》ほど成績いいわけじゃないけど、それなりには教えられると思うけど……」

「あ……う……えと……歴史とかちょっと不安……かも」

「じゃあ、今度一緒に勉強するか」

優真からそう言うと、ゆいは頰《ほお》を染めながらも必死な様子でコクコク頷《うなず》いてくれる。

こうして受け入れてくれる辺り、少なくとも嫌われてはいないんだなとホッとしてしまった。

——ゆいのコミュ障がまた再発した。しかも優真に対してだけ。

飛鳥《あすか》や名護とは普通に話せるのに、優真とは目が合っただけでまっ赤になって、うまく話せなくなってしまうのだ。ほとんど出会ったばかりの状態に逆戻りしてしまっている。

ただ、今回ばかりはどうこう言えない。なにせ優真には、ゆいがこうなってしまった原因に心当たりがあるのだ。

（やっぱり、アレが原因だよな……）

ゆいが家にお泊まりした時、酔っ払ったゆいに優真はキスしそうになった。

一応、『キスしてもいいよ?』とは言われたがあの時のゆいは明らかに正気じゃなかったし言い訳にならない。

そしてその少し後からゆいの様子がおかしくなった。タイミング的にそれが原因と考えるのが妥当だろう。

ゆいは酔っていた時のことは覚えていないと言っていたが、何かのきっかけで思い出してしまったのだろうか。あるいは挙動不審になっている優真の様子から何かされたと察してしまったか。

……ゆいにとって自分は、信頼できる親友で兄貴分だったはずだ。

なのにあんなことされてショックだったろう。そのことを考えると『なんであんなことした』と頭をかきむしりたい衝動が湧《わ》いてくる。

なんにせよ、ゆいを傷つけてしまったのならちゃんと謝りたい。

だが『キスしそうになってごめん』などと言う勇気をなかなか出せず、そのままズルズルと時間が経《た》ってしまった。

歩いている間も、二人の間にはずっと気まずい空気が流れている。手も繋《つな》がなくなってしまった。

ただ……それでもゆいは、優真の袖《そで》をつまんでくれていた。

嫌われたのなら完全にこちらが悪いのだし、まだ諦《あきら》めもついたのかもしれない。

だがゆいのその仕草からは『離れたくない』『本当はもっとお話したい』という気持ちが伝わってくる。そんなゆいを見ているとなんとも言えない罪悪感が湧いてくる。

そうこうしている間に、ゆいの家の前まで来てしまった。

「そ、それじゃ、また明日……」

ゆいはそう言って家に入ろうとする――その腕を、優真は捕まえた。

「え？　ユ、ユーマ？」

「……話があるんだ」

――このままじゃダメだ。これはうやむやにしていい問題じゃない。

優真は、お泊まりの時のことをちゃんと謝ろうと決めた。

一方のゆいは、完全に硬直してしまっていた。

優真の真剣な表情に顔を耳まで真っ赤にして、ぎこちなく優真の方に向き直る。そして何か、不安と期待が入り交じったような目でおずおずと優真を見上げた。

「あ、あの……ユーマ？　は、話って……？」

「前にお前が俺の家に泊まった時のことだけど……」

「え？　う、うん……」

「その………ごめん！」

突然頭を下げた優真に、ゆいは目を白黒させていた。

「え？　え？　ユーマ？　えっと、ごめんって何のこと？」

「その、お前、間違って姉貴の酒飲んだだろ？　その時のことだけど……覚えてないか？」

「う、うん。えと、何かあったの？」

「い、いや、何もな……くもないんだけど、あー……その……」


――てっきりゆいは酔っ払っていた時のことを思い出して様子がおかしくなったのだと思っていたが、違ったらしい。どうも藪蛇《やぶへび》になってしまった感がある。

……嘘《うそ》をついてごまかすという手もなくはなかったが、これ以上罪を重ねたくはなかった。

「………キス、しそうになった」

「…………………………？」

どうやらすぐには言葉の意味がわからなかったらしい。ゆいは目をぱちくりさせている。

「きす…………キス…………え？　キ、キスって……ユーマが、わたしに？　……え？　あの……え？」

「し、しそうになっただけで唇には一切《いっさい》触れてないから！　ただ……あ、ちょっ、ゆい⁉」

「～～～～～っ！」

ゆいは涙目になって、家の中に逃げてしまった。優真が伸ばした手はむなしく空を切る。

(やらかした……)

女の子を……ゆいを泣かせてしまった。もう罪悪感で死にそうだった。

優真は途方に暮れながら、トボトボと家に帰っていった。

†

一方、ゆいは家の中に逃げ込んで扉を閉めるやいなや、腰が抜けたようにへなへなとその場にへたり込んでしまった。

(キ、キスって、ユーマがわたしにキスしそうになったって……～～～っ⁉)

熱くなった頬に手を当てて身悶《みもだ》えする。

――元々、ゆいが優真とうまく話せなくなってしまったのはこれまで以上に優真のことを意識してしまったのが原因だ。

お泊まりの後優真の様子が変になって、そのことを飛鳥に相談したら『好き避けだ』と言われて。

それ以来『もしかしたらユーマもわたしのこと好きなのかも』と意識してしまってうまく話せなくなっていた。

そんな状態だったのにさらにキスしそうになったなんて言われて、もう限界だった。つい後先考えずに逃げ出してしまった。

ふらふらしながらもどうにか立ち上がり、靴を脱いで二階に上がる。

今日は両親ともにまだ帰ってきていなくて幸いだった。もしいたら何事かと思われただろう。

自分の部屋に入って、ベッドに倒れ込む。枕《まくら》に顔を埋めてまた恥ずかしさに身悶える。

――優真とはそれなりに長い付き合いだ。いくら無防備だったからといって、見境なく女の子にそういうことをする人じゃないと知っている。

だから、それはつまり――。

（ユーマが、キスしそうになったのって、相手がわたし、だったから……？）

顔が熱く火照《ほて》っている。痛いぐらいに心臓がドキドキしていて、呼吸が早くなっている。

いられない。

……もしかしたら、本当にわたしのこと好きなのかもしれない。そう思うともうジッとしていられない。

少なくとも優真は、自分のことを異性として見ている。キスしたいとか、そういう対象として見ている。

そのことを考えると恥ずかしくて、枕に顔を埋めたままジタバタと足をばたつかせる。

（ユーマ、キス……したかったんだ……）

ゆいも年頃《としごろ》の女の子だ。

好きな男の子とキスしてみたいという気持ちだって、少しはある。

枕に顔を埋めたまま、その場面を想像してみる。

――優真がジッと自分を見つめたまま、優しく頭を撫《な》でてくれて。

――少し上を見上げて、目を閉じて待っているとそっと唇に優真の柔らかい唇が触れて。

――軽く唇を動かして、お互いの柔らかさを堪能して、恥ずかしいけど嬉《うれ》しくて、ドキドキして、大好きで、愛《いと》しくて……一回じゃ、足りなくて……もっと欲しくて……。

（わ、わたし何考えて……～～～っ！　～～～～っ！）

もう完全に羞恥心《しゅうちしん》がキャパオーバーしてしまった。

そのまま、ゆいはしばらく枕を抱えてベッドの上を転げ回るのだった。

あとがき

（ネタバレを含むので本編読了後に読むのをおすすめします）

出会ったばかりの頃から無防備なゆいちゃんですが、その根底には自分に対する自信の無さがありました。

そういう知識自体は人並みにあるんですが、自分なんかがそういう対象として見られるとは思ってない。だからこそあれだけ無邪気にぴっとりくっついていられました。

けれど今はゆいちゃんの方に下心が芽生えています。優真《ゆうま》くんに可愛いと思って欲しい。自分の言動にドキドキしてくれたら嬉しい。お泊まりしたら何か進展するかもしれない。そんな思惑で一生懸命攻勢を仕掛けます。

そして、経緯はどうあれその作戦は予想を遥かに上回る形で成功してしまいました。

ここで怖じ気づいて退いてしまうのか、それとも勇気を出してさらに踏み込むのか、どうかお楽しみに。

ここからは謝辞を。

実は昨年の後半はいろいろと激動の日々だったのですがどうにかこうして二巻を出すことができました。

『ずっとも』を読んでくれている方、ＳＮＳやブログなどで感想を書いてくれた方、良いレビューをくれた方、誕生日にプレゼントを贈ってくれた方、本当にありがとうございました。とても励みになりました。

また、イラストレーターのmaruma(まるま)様や担当のぺんぎー様をはじめとした本作に関わった方々、ありがとうございました。おかげで今回も楽しく作業することができました。

さて、今回はこの辺で。三巻は（無事に出せたらですが）この作品の節目となるお話の予定です。

一生懸命頑張りますので、ぜひぜひ応援よろしくお願いいたします。岩柄《いわつか》イズカでした。

ファンレター、作品の
ご感想をお待ちしています

〈あて先〉

〒106－0032
東京都港区六本木2－4－5
SBクリエイティブ（株）
GA文庫編集部 気付

「岩柄イズカ先生」係
「maruma(まるま)先生」係

**本書に関するご意見・ご感想は
右のQRコードよりお寄せください。**

※アクセスの際や登録時に発生する通信費等はご負担ください。

https://ga.sbcr.jp/

『ずっと友達でいてね』と言っていた女友達が友達じゃなくなるまで2

発　行　　2022年2月28日　初版第一刷発行
　　　　　2022年4月21日　第二刷発行

著　者　　岩柄イズカ

発行人　　小川　淳

発行所　　SBクリエイティブ株式会社
〒106－0032
東京都港区六本木2－4－5
電話　03－5549－1201
　　　03－5549－1167（編集）

装　丁　　AFTERGLOW

印刷・製本　中央精版印刷株式会社

ISBN978-4-8156-1392-1
Printed in Japan

GA文庫

試読版は
こちら!

試読版は
こちら!

試読版は
こちら!